QUELQUES CHAPITRES

DES

MISÉRABLES

DE VICTOR HUGO

TRADUITS EN VERS BURLESQUES

PAR

DELARUE, meunier à Antrain.

M. MYRIEL. — JEAN VALJEAN. — FANTINE. — LE BRIGAND
DE LA LOIRE.

PRIX : 1 FR. 25 C.

RENNES

Imprimerie LEROY, rue Louis-Philippe.

1866

QUELQUES CHAPITRES

DES

MISÉRABLES

DE VICTOR HUGO

TRAVESTIS EN VERS BURLESQUES

PAR

DELARUE, MEUNIER A ANTRAIN.

M. MYRIEL. — JEAN VALJEAN. — FANTINE. — LE BRIGAND
DE LA LOIRE.

RENNES

IMPRIMERIE DE A. LEROY, RUE LOUIS-PHILIPPE.

1866

MISÉRABLES

DE VICTOR HUGO

TRAVESTIS EN VERS BURLESQUES

DELARIE

LES

MISÉRABLES

TRAVESTIS.

— ◦◦◦ —

ÉPITRE LIMINAIRE

AU LECTEUR.

〜〜〜〜〜〜〜〜〜〜〜〜

Cher lecteur, qu'en riant j'aborde,
Je viens, dans ce modeste exorde,
Te supplier très-humblement
D'accueillir bénévolement
Les vers burlesques et comiques
Dont le doyen des romantiques
M'inspira le plaisant projet
Et me fournit le gai sujet.

En lisant ce léger volume,
Ecrit au courant de la plume,

J'aime à penser, ami lecteur,

Que tu riras de tout ton cœur,

Car, moi-même, rien qu'à l'écrire,

Je n'ai pu m'empêcher de rire.

Crois bien pourtant que de l'auteur

Je ne suis pas un détracteur :

J'admire les sublimes pages

Qu'on voit briller dans ses ouvrages ;

Mais quand ce génie, aux abois,

Sans s'en douter, blesse à la fois

Le bon sens, le goût et l'oreille,

Pourquoi donc au nouveau Corneille

Ne pas oser crier : Holà !

Comme on fit après Attila ?

Aussitôt que sont apparues

Les *Chansons des bois et des rues*,

Tout admirateur du proscrit

A dû s'écrier de dépit :

C'était assez des *Misérables ;*

Pourquoi des flatteurs détestables

De notre Eschyle au fier burin

Ont-ils donc fait un Tabarin ?

Voilà l'excuse que je donne ;

Qu'Hugo lui-même me pardonne

En faveur du pieux dessein

Qui m'a mis la plume à la main.

Sur sa misérable Fantine,
Cette espèce de gourgandine,
Quand l'auteur veut t'apitoyer,
Moi, lecteur, je veux t'égayer
En rimant, avec son histoire,
Celle du Brigand de la Loire,
Ce vieux type du vieux grognard
Qu'il est temps de mettre au rancart.

    Ami lecteur, sois donc propice
A mon innocente malice ;
Souviens-toi que Scarron, jadis,
Sous le siècle du grand Louis,
En trivial et léger style
Travestit le divin Virgile,
Qui, malgré cet original,
Reste un modèle sans égal.

                        DELARUE.

LIVRE PREMIER.

CHAPITRE PREMIER.

M. MYRIEL.

En ce temps-là Charles Myriel,
Vieillard innocent et sans fiel,
Etait évêque d'une ville,
Qu'Hugo, mon auteur, juge utile,
Pour ne pas être gourmandé,
De n'indiquer que par un D.
    Quand il vint dans son diocèse,
Sur son compte, par parenthèse,
Il avait couru des cancans
Qui n'étaient pas édifiants ;
On disait que, dans sa jeunesse,
Pour le sexe plein de tendresse,
Il aimait mieux le cotillon
Que l'Eglise et son carillon ;
Qu'avec mainte et mainte grisette
Il avait eu mainte amourette ;
Que pour interrompre le cours
De ses trop légéres amours
Son très-cher père, en homme sage,
Lui fit tâter du mariage,
Et que, malgré tout, le gaillard
Etait resté fort égrillard ;

Car sa femme, une maigre échine,
Très-malade de la poitrine,
N'avait vécu que peu de temps
Et n'avait pas laissé d'enfants.

On ne connaît rien de sa vie,
Pendant qu'il fut en Italie,
Où, pour éviter d'être occis,
Il avait émigré jadis ;
Quoi qu'il en soit, chacun assure
Qu'il revint avec la tonsure.
C'était alors un vieux curé
Vivant obscur et retiré.

Sans qu'on sache pour quelle affaire,
Prenant sa canne et son bréviaire,
Monsieur Myriel, un beau matin,
Vers Paris se met en chemin ;
Au cardinal Fesch il va vite
En arrivant faire visite ;
C'était, comme on sait, le tonton (1)
De l'Empereur Napoléon.

Le héros qui sortait, avise
Cette soutane à barbe grise,
Et de son ton de potentat,
Dit à son oncle, le prélat :
— Quel est ce bonhomme, en perruque,
Qui du haut en bas me reluque ?
Mais le curé qui l'entendit,
Prit la parole et répondit :
— Sire, vous voyez un bonhomme,
Et moi, je contemple un grand homme.

(1) L'oncle.

L'Empereur, qui n'était pas sourd,
Entendit bien le calembour;
Deux jours après cette aventure,
En vaquant aux soins de sa cure,
Notre plaisant abbé Myriel
De surprise tomba du ciel;
Quand on lui remit une épître
Qui vous le coiffait de la mitre;
C'est ainsi qu'un mauvais bon mot
Fit de ce curé, peu dévot,
Un dignitaire de l'Eglise,
Ce qui causa grande surprise;
Mais le monarque des Français
N'y regardait pas de si près.

Une sœur, alors vieille fille,
Composait toute sa famille;
Baptistine elle se nommait,
Et comme un toutou le suivait.
Quant à Magloire, la servante,
Elle devint sa gouvernante;
Il la fit aussi de sa sœur,
Cameriste et dame d'honneur.

Mais je vais de ces deux donzelles
Vous tracer les portraits fidèles :
D'abord Baptistine, la sœur,
Assez gaie et d'égale humeur,
Longue, pâlotte, mince et douce,
Ayant au moins six pieds un pouce
Et sèche comme un échalas,
Ne fut jamais jolie, hélas!
Elle était raide comme un cierge,
Ce qui fit qu'elle resta vierge;

Elle marchait les yeux baissés,
Mais vous la connaissez assez.
Dame Magloire, la suivante,
N'était guère plus avenante ;
Par un contraste fort à point,
Elle avait beaucoup d'embonpoint ;
Elle était grosse, courte et ronde ;
Fut-elle autrefois brune ou blonde ?
C'est ce dont je n'ai pu juger,
Sa couleur ayant dû changer.
Elle était vive et frétillante,
Mais aussi toujours haletante,
Car un gros asthme qu'elle avait,
A chaque pas, la suffoquait.
    Notre évêque, à son arrivée
Reçut une aubade soignée
Dans son palais épiscopal.
Il fit d'abord au général
Une gracieuse visite,
Et puis une au préfet ensuite ;
Mais il avait auparavant
Reçu celle du président,
Et les adjoints, le maire en tête,
Etaient venus lui faire fête ;
Le clergé d'abord se tint coi,
Je ne saurais dire pourquoi ;
Après cela la ville entière
Se dit : Voyons, que va-t-il faire ?

CHAPITRE II.

M. MYRIEL DEVIENT Mgr BIENVENU.

Près du palais épiscopal
On avait bâti l'hôpital ;
Et je ne sais pas quel mazette
Avait fait pareille boulette,
Car un hôpital est malsain
Évidemment pour le voisin
Qui, dans un cas d'épidémie,
Peut attraper la maladie.
　Je passe, avec intention,
L'inutile description
Et tout le détail héraldique
De ce palais si magnifique,
Qu'Hugo se plaît à crayonner
Au risque de nous ennuyer.
L'hospice était une masure
Pour ses habitants très-peu sûre.
L'évêque, selon son devoir,
Un jour visitant le dortoir,
Dit au directeur de l'hospice :
Vous avez un triste édifice ;
Tous ces lits dressés sur deux rangs
Sont serrés comme des harengs
Qu'on empile dans une caque ;
Cédez-moi donc votre barraque,

Vous serez logé comme un roi
Dans ce manoir trop grand pour moi.
C'est dit, mon logis est le vôtre,
Et je vais m'installer dans l'autre.

Ainsi convenus de leurs faits,
L'évêque y porte ses effets ;
Dame Magloire et Baptistine,
Faisant assez piteuse mine,
Le suivirent à l'hôpital
Et faillirent se trouver mal,
Quand l'odeur elles respirèrent
Que les malades y laissèrent.

Dès que cet être original
Fut installé dans l'hôpital,
Le directeur et ses malades
Lui donnèrent des sérénades,
Tant ils se trouvaient bien heureux,
Dans un palais si somptueux,
Et d'être couchés à leur aise.

Ce n'est pas tout, ne vous déplaise :
Je vous dirai que le prélat
Recevait par an, de l'État,
Pour lui, sa sœur et sa servante,
Quinze à vingt mille francs de rente.
Eh bien! tant d'argent le gênait,
A tout le monde il en donnait;
Aussi faisait-il maigre chère,
Vivant de pain sec et d'eau claire.
Peu d'évêques sont aujourd'hui
Désintéressés comme lui :
Ils ont tous bon lit, bonne table,
Et l'existence confortable.

Baptistine s'en consolait,
Mais la Magloire bougonnait
Et disait, en branlant la tête :
— C'est aussi vraiment par trop bête,
Le Pape n'est pas si nigaud,
Il boit et mange comme il faut,
Ayant toujours son nécessaire,
Avec le denier de saint Pierre.

L'évêque, au bout de quelques mois,
Disait, en se mordant les doigts :
— Je suis bien gêné, tout de même,
Nous faisons tous les jours carême ;
Cela ne peut aller ainsi,
Ou nous allons maigrir ici.
— Et puis, n'est-il pas dérisoire,
Ajoutait la mère Magloire,
Qu'on ne vous fasse pas l'honneur
De vous procurer, Monseigneur,
Un carrosse ou bien une chaise,
Pour visiter le diocèse ?
— Tiens, par Dieu ! vous avez raison,
Dit-il, et j'étais un oison.

Il présente aussitôt requête,
Et les députés, sans enquête
Et de l'urgence convaincus,
Lui décernèrent mille écus,
Pour frais de poste et de tournées ;
C'était d'assez bonnes journées.

Les bourgeois de D..., tout d'abord,
Se mirent à crier bien fort
Jusqu'à se rompre la cervelle,
En apprenant cette nouvelle.

N'était-ce pas exorbitant
De prodiguer ainsi l'argent?
Et pendant qu'ainsi l'on conspire,
Un des sénateurs de l'empire,
Qui n'était pas du tout dévot,
Ecrivit à M. Bigot (1)
Cette lettre très-authentique
Que l'on ne rendit pas publique :

  « Des frais de carrosse, à quoi bon?
» Elle est belle, l'invention!
» Si l'on n'y prend garde, ces prêtres
» Vont bientôt devenir nos maîtres;
» Ils ne sont jamais satisfaits,
» Il leur faut chevaux et laquais,
» Monsieur veut avoir un carrosse!
» Ne peut-il pas prendre sa crosse,
» Ou monter dans un char à bœufs,
» Quand il veut faire un tour ou deux.
» Celui-ci fit le bon apôtre
» En arrivant, mais l'un vaut l'autre;
» De rien nous ne serons certains,
» Tant qu'on aura des calottins.
» Car voyez-vous cette prêtraille
» Ne fera jamais rien qui vaille;
» A bas le pape! et de tout cœur
» Crions : Vive notre Empereur! »
Notez que contre le Saint-Père
On était alors en colère.
Apprenant l'heureux résultat
Des conseils donnés au prélat,

(1) Bigot de Préameneu.

Magloire fut toute joyeuse
D'une idée aussi lumineuse ;
Nous avons donc, dit-elle enfin,
Trois mille francs!... Mais à la fin
Elle faillit faire un blasphème
Quand elle sut que le soir même,
Le bonhomme était revenu
Sans qu'il lui restât un fêtu,
En sorte qu'elle et Baptistine
Se retrouvaient dans la débine.
— Mais quelle mouche l'a piqué,
Dit-elle, il faut qu'il soit toqué ;
Il ne garde pas une obole,
C'est ridicule, ma parole!...
A chaque évêque l'usage est
De donner quelque sobriquet,
Un nom de guerre ou de bataille;
Comme il était bien pris de taille,
N'étant ni bossu ni tortu,
On le surnomma Bienvenu.

CHAPITRE III.

A BON ÉVÊQUE DUR ÉVÊCHÉ.

Monseigneur étant sans carrosse
Et n'ayant pas même une rosse,
A pied, par la pluie et le vent,
Faisait ses visites souvent ;
Ce n'était pas petite affaire :
Il avait bien de la misère,
Les chemins étant raboteux
Et très-rudes pour un goutteux.
Les deux vieilles, pour l'ordinaire,
Suivaient Monseigneur par derrière,
Car chacune l'accompagnait ;
Mais quand par trop il s'éloignait,
Ou bien quand il marchait trop vite,
L'une et l'autre rentraient au gîte
Et se mettaient à roupiller,
En l'attendant dans le foyer.
    Un beau jour, ayant bu sa goutte,
Pour Senez il se mit en route,
Et fit un assez long trajet
A cheval sur un bourriquet ;
C'était un piteux équipage
Pour un aussi grand personnage.
Comme Monseigneur Bienvenu
A Senez était attendu,

Tout le clergé, la ville entière,
Sortit avec croix et bannière.

En voyant à califourchon
Cet évêque sur un ânon,
Tout le monde se mit à rire.
— Ah ! dit l'évêque, qu'est-ce à dire ?
Monsieur le maire et vous bourgeois,
Vous vous gaussez de moi, je crois,
Et vous riez de ma monture ;
Mais je suis forcé, je vous jure,
Faute d'argent dans mon gousset,
De voyager sur un baudet.
Et d'ailleurs, sans que Dieu me damne,
Je puis chevaucher sur un âne ;
C'était, l'Evangile le dit,
La monture de Jésus-Christ.
— Tiens ! dit le maire avec finesse,
J'ai cru que c'était une ânesse ;
Ne fût-ce pas Sancho-Pança
Qui de cette monture usa ?
Voltaire dit que ce fut celle
Aussi de Jeanne, la pucelle,
Et que ce brutal animal
Se conduisit même fort mal.

Quand il trouvait des durs-à-cuire,
Il se mettait à leur en dire
Et n'allait pas bien loin chercher
Ce qu'il avait à leur prêcher.
Il disait, d'un ton de reproche,
A ces êtres au cœur de roche :
— Voyez les gens de Briançon,
Ils n'ont pas besoin de maçon,

2

Car dès qu'une maison s'écroule,
On les y voit courir en foule
Et se mettre à la rebâtir ;
Cela doit vous faire rougir.

Et quand il voyait un village
Apre au gain et dur à l'ouvrage :
— Voyez ceux d'Embrun, disait-il,
Si la parque tranche le fil
De quelque bonhomme de père,
Ils le suivent au cimetière,
Et de retour à la maison,
Ils s'en vont faire la moisson
Et vont porter à sa marmaille
Le grain sans oublier la paille.

Aux gens se battant pour deux liards,
Il vous citait les montagnards
De Devolny, pays sauvage,
Où l'on ne fait aucun tapage,
Où d'un rossignol, en cent ans,
On n'entend pas les doux accents.
Là les garçons laissent les filles,
Bien qu'elles soient assez gentilles,
Pour aller au loin s'enrichir
En oubliant de revenir,
Mais en laissant leur héritage,
Pour monter leur petit ménage.

C'est Queyras qu'il faut voir surtout ;
Là, c'est le maire qui fait tout.
Pas de juges, pas de notaires,
Partant, non plus, pas d'honoraires ;
Des magisters courent les champs
Pour instruire les paysans :

On les voit partout apparaître,
Et pour se faire reconnaître
Ces magisters à leur chapeau
Portent, en guise d'écriteau,
Plusieurs plumes d'oie à la ganse,
Comme indices de leur science ;
Avec ces plumes aux chapeaux,
Ils vont de hameaux en hameaux ;
L'un n'en a qu'une, il montre à lire ;
L'autre en a deux, c'est pour écrire ;
Celui qui montre le latin
En a trois, comme plus malin.
On vit là comme rats en paille
Et jamais l'on ne s'y chamaille :

   « Aussi voyez comme ils sont gras,
   « Ces bons habitants de Queyras. »

C'est ainsi qu'avec son air crâne
Et sans descendre de son âne,
Notre évêque très-gravement
Leur débitait son boniment ;
Il inventait des paraboles
Qui, quelquefois, étaient fort drôles.

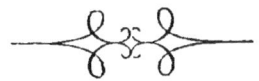

CHAPITRE IV.

LES ŒUVRES SEMBLABLES AUX PAROLES.

Ses deux vieilles, auprès de lui,
N'éprouvaient pas le moindre ennui.
Il était d'une gaîté folle
Et leur contait la gaudriole.
En voyant son air guilleret,
Baptistine en dessous riait;
La Magloire, une flagorneuse,
Etait très-fière et toute heureuse
De l'appeler : Votre Grandeur;
Cela lui causait de l'humeur.
Un beau soir, sa lampe il allume,
Et s'en va pour prendre un volume
Trop haut perché sur un rayon;
Alors il dit d'un ton grognon :
— Dame Magloire, qu'il vous plaise
De m'apporter ici ma chaise,
Car vous voyez que Ma Grandeur
N'atteint pas à cette hauteur.
La comtesse Lô, sa parente,
Une femme très-intrigante,
Et mère de trois beaux enfants,
Avait de riches ascendants
Dont elle était seule héritière
Et qu'elle eût voulu voir en terre.

Elle venait souvent le voir
Et lui parlait de son espoir
D'avoir bientôt leurs héritages ;
Après quoi de beaux mariages
Prouveraient bien que ses moutards
N'étaient pas des enfants bâtards.

   Un soir qu'il était très-maussade
Et paraissait un peu malade,
La comtesse lui rebattait
Les oreilles de ce sujet.
Voyant qu'il gardait le silence,
Elle est prise d'impatience
Et lui dit : Dormez-vous, cousin ?
— Non, je songe à saint Augustin,
Ce fils de la mère Monique,
Un ancien évêque d'Afrique,
Dans sa jeunesse franc vaurien,
Mais aussi très-fort logicien,
Qui, nous racontant ses fredaines,
Dit, entre autres calembredaines,
Que jamais on ne peut, sans tort,
Compter sur les souliers d'un mort.

   Une autre fois venant de lire,
Sans pouvoir s'empêcher de rire,
Un avis de mort ou billet,
Où complaisamment s'étalait,
Dans une très-longue page,
Tous les titres du personnage,
Ses dignités et son blason,
Il prononça pour oraison,
Sur ce défunt de noble race,
Ces mots, en faisant la grimace :

— Il faut que la mort ait bon dos
Pour porter de pareils fardeaux.
Un jour, un tout jeune vicaire
Racontait du haut de la chaire
Les voluptés du Paradis
Et tous les tourments des maudits.
Comme il débitait son histoire,
Il se trouva dans l'auditoire
Un certain monsieur Géborant,
Connu pour un prêteur d'argent.
Comprenant l'affaire à merveille,
Cet homme eut la puce à l'oreille,
Et dès ce moment résolut
De travailler à son salut.
Il trouve, en sortant de l'église,
Trois pauvres diables sans chemise,
Qui lui demandent quelques sous;
Il leur en donne un pour eux tous,
Disant : Partagez-vous la somme;
Il était fameux, le bonhomme!...
Aussi voilà que Monseigneur,
Qui vit le coup, dit à sa sœur :
— Regarde donc un peu, ma biche,
Ce Géborant comme il est chiche;
Il n'achète ce circoncis
Que pour un sou de Paradis.
Mais assez de billevesées,
De pointes plus ou moins usées,
De quolibets, de jeux de mots,
Et changeons un peu de propos;
Monseigneur est plaisant, sans doute,
Mais je dois m'arrêter en route,

Car vous bâilleriez après tout,
Si je le suivais jusqu'au bout.
Je laisse là plusieurs répliques
Et quelques sermons excentriques,
Le pain fabriqué pour six mois
Qu'on fait cuire, à défaut de bois,
Avec de la bouse de vache
Et que l'on coupe à coup de hache.
Vous saurez qu'il parle patois
Assez souvent aux villageois;
Que quand il se met en colère,
Monseigneur ne se gêne guère
Pour leur lancer un bon fouchtra,
Car il parle aussi charabia.
J'arrive au moment pathétique;
Une aventure assez tragique
Mit un jour la ville en émoi
Et je vais vous dire pourquoi :
On devait, le jour de la fête,
Publiquement couper la tête
D'un certain mauvais bateleur,
Assassin et de plus voleur.
Quand vint l'heure de l'escalade,
L'aumônier se disant malade,
On alla chercher le curé
Qui dit : J'en suis désespéré,
Mais ce n'est pas là qu'est ma place ;
A cette réponse cocasse :
— Il a raison, dit Monseigneur,
C'est à moi qu'en revient l'honneur.
Il endosse donc sa douillette
Et le voilà sur la charrette,

Auprès de ce fameux brigand
Qui ne faisait pas le fendant ;
Sur l'échafaud il accompagne
Cet ancien habitant du bagne,
Auquel il dit un mot ou deux
Pour le consoler de son mieux.
Il ne put pas bien long en dire,
Car aussitôt le bourreau tire
La ficelle et le couperet
Lui tranche la tête tout net.
Lorsque l'affaire fut baclée,
Notre prélat prit sa volée
Et se rendit près de sa sœur
Qui dit, en voyant sa pâleur :
— Mon frère, auriez-vous la jaunisse ?
— Je viens de célébrer l'office,
Dit-il, pontificalement,
Et suis tout je ne sais comment,
Car d'avoir vu la guillotine
Ça me pèse sur la poitrine ;
Je suis comme un homme perclus,
Mais on ne m'y reprendra plus.

CHAPITRE V.

QUE Mgr BIENVENU FAISAIT DURER TROP LONGTEMPS
SES SOUTANES.

Monseigneur, dans sa vie intime,
Suivait un singulier régime ;
D'abord il dormait rarement,
Mais toujours très-profondément.
　Chaque matin, sa messe dite,
Il déjeunait, comme un ermite,
De pain de seigle ou de pain bis
Trempé dans du lait de brebis
Ou des vaches de son étable,
Ses genoux lui servant de table ;
Puis il travaillait bel et bien,
Ni plus ni moins qu'un galérien.
Si, ce qui se voit d'ordinaire,
Le curé chamaillait le maire,
Il criait : Messieurs, halte-là !
Et courait mettre le holà.
　Quand on ne le voyait pas lire,
C'est qu'il était en train d'écrire
Ou de bêcher dans son jardin
En chantonnant un air badin ;
Quelquefois, dans une douillette
Bien ouatée et bien mollette,
On le voyait, par le chemin,
Une longue canne à la main,

Les yeux baissés, l'œil triste et morne
Et des glands d'or à son tricorne,
Bas de soie et les pieds chaussés
De souliers tout rapetacés ;
Etant attifé de la sorte,
Les gamins lui faisaient escorte
Et derrière lui, ces moutards,
Lançaient des propos goguenards.
L'auteur, ici, pensant au titre
Mis en tête de ce chapitre,
Dit que l'évêque Bienvenu,
Ne voulant pas aller tout nu,
Ne sortait qu'avec sa douillette
D'une belle couleur violette,
Laissant chez lui, pendre à leurs clous,
Ses soutanes pleines de trous,
Ce qui le mettait tout en nage
Quand le temps était à l'orage.

En rentrant, Monseigneur dînait
Avec une jatte de lait
En y trempant, selon la règle,
Son pain bis ou son pain de seigle ;
Au souper, c'était différent,
Il mangeait parfois un hareng
Précédé d'une soupe à l'huile ;
Cela lui donnait de la bile.
A table, auprès de Monseigneur,
Trônait Baptistine, sa sœur,
Et derrière eux dame Magloire
Se chargeait de verser à boire.

Mais quand quelque curé venait,
Ah ! c'est alors qu'on s'en donnait ;

Ces jours-là, trève d'abstinence,
On riait, on faisait bombance,
Gibiers fins et poissons exquis,
Vins des bons crûs et bien choisis ;
Plus de pain noir, de lait de vache,
C'était des noces de Gamache,
Et l'on disait dans le pays,
Quand l'évêque était un peu gris :
Avec quelque curé, sans doute,
Monseigneur aura pris sa goutte.
Ne sachant plus ce qu'il disait,
Après boire il paraphrasait
Quelque verset de la Genèse,
Ou bien il faisait l'exégèse
Du vent qui, pendant le cahos,
Soufflait sur la face des eaux.
Il commentait le Lévitique,
Ou bien l'œuvre théologique
D'un célèbre Hugo qui jadis
Fut évêque à Ptolémaïs.
C'était un oncle très-antique,
De notre Hugo le romantique,
Qui, comme son futur neveu,
Dans son temps radotait un peu.
  La Baptistine et la Magloire
N'entendant rien à ce grimoire,
Aussitôt qu'arrivait la nuit,
Gagnaient tout doucement leur lit,
Laissant pérorer à son aise
Le bonhomme assis sur sa chaise,
Où s'endormant jusqu'au matin,
Il ronflait comme un sacristain.

CHAPITRE VI.

PAR QUI IL FAISAIT GARDER SA MAISON.

Le logis de ce personnage
Se composait d'un seul étage ;
Les femmes logeaient au premier,
C'est-à-dire dans le grenier.
Une chambre, avec cheminée,
A l'évêque était destinée ;
Il n'y faisait jamais de feu,
Je vous dirai pourquoi sous peu.
   Dans cette méchante cassine
Est un cellier, une cuisine,
Laquelle, avant que l'hôpital
Devînt palais épiscopal,
Tenait lieu de laboratoire,
Salle à manger, puis l'oratoire ;
Et dans cet oratoire un lit.
Quand après souper, vers minuit,
Quelques bons curés de campagne
Avaient trop sablé le champagne
Et ne pouvaient, sans trébucher,
Au presbytère aller coucher,
Monseigneur, toujours charitable,
Vers ce lit, au sortir de table,
En les conduisant par la main
Disait : Il fera jour demain.

De sa chambre la cheminée
En tout temps était condamnée ;
Et comme le bois était cher,
Le bonhomme, pendant l'hiver,
Faisant porter dans son étable,
Des chaises avec une table,
S'y retirait dans les grands froids,
Pour économiser son bois,
Laissant Magloire et Baptistine
Se réchauffer dans la cuisine.
Un mobilier vieux et mesquin
Composait tout son saint-frusquin ;
Quelques chaises dépareillées,
Et presque toutes dépaillées,
Une table en bois de sapin
Qui servait aux jours de festin,
Un buffet peint à la détrempe,
Pour lumière, une vieille lampe ;
Tel était le seul mobilier
Garnissant la salle à manger.
Si le général et sa suite
Par hasard venaient en visite,
Vite à l'étable l'on courait,
Les chaises l'on en rapportait
Et l'on en réunissait douze,
Mais qui sentaient un peu la bouse ;
Elles ne pouvaient, c'est certain,
Sentir la rose ni le thym ;
Si parfois il en manquait une,
Pour dissimuler la lacune,
Notre prélat, sans s'effrayer,
Debout, le derrière au foyer,

Et faisant bonne contenance,
Semblait présider la séance;
Notez qu'une chaise, parmi,
N'avait que trois pieds et demi ;
Ceux qui croyaient se mettre à l'aise
En s'asseyant sur cette chaise
N'étaient nullement étonnés
De ne pas tomber sur le nez.

    Un vieux rideau de grosse laine,
Le dimanche comme en semaine,
Devant la fenêtre flottait
Et le soleil interceptait ;
L'étoffe en était toute usée
Et dans mille endroits reprisée.
Pour éviter d'en mettre un neuf,
Magloire, qui tondrait un œuf,
Y fit une grande couture
D'une croix ayant la figure.
L'évêque, à ce signe chrétien,
Disait : Comme cela fait bien !

    Les murailles étant suspectes
De recéler certains insectes,
Il les fit blanchir à la chaux,
Comme on fait dans les hôpitaux;
C'est la mode aussi des casernes,
Des cabarets et des tavernes.

    Il faut ici faire un aveu
Qui nous coûte vraiment un peu.
Quoiqu'il méprisât la richesse,
L'évêque avait une faiblesse :
C'était pour six couverts d'argent
Qu'il conservait dévotement,

Ainsi qu'une grande cuillère
Venant de défunt son grand-père ;
De ces couverts il raffolait ;
Sur sa table il les étalait
Avec une gaîté naïve,
Quand il avait quelque convive.
Afin d'excuser son penchant
Pour ce métal riche et brillant,
Sur sa nappe, en les voyant luire,
Il avait coutume de dire :
— Je ne pourrais pas, c'est certain,
Manger dans des couverts d'étain ;
La soupe m'y semblerait aigre,
Ni plus ni moins que du vinaigre.
Il avait aussi deux flambeaux
En argent massif et fort beaux ;
Dans les jours de cérémonie
On y mettait de la bougie :
C'était là le seul ornement
Qui décorât l'appartement.
Quant aux couverts, dame Magloire
Les ramassait dans une armoire,
C'est-à-dire, dans un placard
Qu'on ne fermait que par hasard.
Monseigneur, selon sa coutume,
Pour le jardin quittait la plume,
Coupant, sarclant, faisant des trous
Dans lesquels il plantait des choux.
Quant aux fleurs, il disait : Bernique,
Je n'entends pas la botanique.
Pas une porte qui fermât
Dans le logis de ce prélat ;

On n'y voit pas une serrure,
Ce qui passe un peu la mesure ;
Magloire en est tout en courroux,
Et le curé de Couloubroux
Un jour dit : — Monseigneur, je pense
Que vous faites une imprudence,
Il peut vous arriver malheur,
Et dans la nuit quelque voleur
Vous occasionnerait des pertes
En trouvant vos portes ouvertes ;
Il emporterait l'argent blanc,
Les couverts et le bataclan.
A cette espèce de semonce,
Voici quelle fut sa réponse :
  Nisi Deus servet Domum
  Quisque vigilat in vanum.
En français, cela signifie :
Que lorsqu'à Dieu seul on se fie,
Il ne faut ni clef ni verroux
Pour se préserver des filoux.

CHAPITRE VII.

CRAVATTE.

Je vais vous parler de Cravatte,
Et ce sujet-là, je m'en flatte,
Vous rendra plus doux et meilleurs
Pour les bandits et les voleurs ;
Vous verrez qu'ils ont le cœur tendre
Et qu'il s'agit de bien les prendre.
   Ce célèbre chef de brigands
· Dévalisait tous les passants
Et faisait la nique aux gendarmes
Qui, de rage, en versaient des larmes.
   L'évêque, un jour, quoiqu'il fût tard,
Dit au maire du Chastelard :
— Je vais aller par la montagne
Visiter des gens de campagne ;
Ce sont de braves paysans
Que je n'ai vus depuis trois ans ;
Ils ne boivent pas de genièvre,
Mais seulement du lait de chèvre ;
Ils n'en possèdent qu'une entre eux
Et partagent son lait crémeux ;
Pour eux, c'est une grande gêne.
Avec des petits bouts de laine
Ils tressent de jolis cordons,
Ou bien, avec leurs mirlitons,

3

Tous ensemble, en gardant leur bique,
Dans les champs, font de la musique.
 Le maire, en entendant cela,
Dit : — Monseigneur, n'allez pas là,
Car vous rencontreriez, sans doute,
Ce brigand de Cravatte en route
Et pourriez n'en pas revenir ;
Je voudrais pouvoir vous fournir
Mes bons gendarmes pour escorte ;
Mais je crains, le diable m'emporte,
Qu'avec vous ils soient assommés,
Puis d'ailleurs ils sont enrhumés.
— Ne vous faites donc pas de bile,
Une escorte m'est inutile ;
J'irai tout seul, dit Monseigneur,
Et n'ai pas la moindre frayeur ;
Que voulez-vous qu'un voleur fasse
D'un pauvre vieux prêtre qui passe
Et qui, tout du long du chemin,
Avec son bréviaire à la main,
Va marmottant ses mômeries?
Vos craintes sont des rêveries.
— Quoi ! vous partez?... je pars... il part!...
Ah! Monseigneur, il est bien tard,
Et si Cravatte vous rançonne ?
— C'est lui qui me fera l'aumône.
Alors enfourchant un mulet,
Faute d'un âne qu'il voulait,
Vers la montagne il s'achemine,
Laissant Magloire et Baptistine
Avec sa bénédiction
Et tremblantes d'émotion.

Il arriva sans nul encombre
Et de Cravatte ne vit ombre.
Il resta bien là quinze jours,
Pérorant, faisant des discours.
Après avoir ainsi prêché,
Prévoyant que son évêché
Serait surpris de son absence,
Il réclame un peu de silence
Et dit : Paysans, mes amis,
Je vais retourner au pays ;
Mais pour tenir à ma promesse,
Nous chanterons à la grand'messe,
Avant d'enfourcher mon bidet,
Un *Te Deum* pour le bouquet.
Mais le curé dit : Eminence !
Il faudrait pour la circonstance
Des ornements pontificaux,
Et nos effets sont en lambeaux ;
Je n'ai qu'une vieille chasuble
Dont le dimanche je m'affuble,
Et les curés des alentours
N'ont pas de plus riches atours,
Car nos chétives sacristies
Sont complétement dégarnies.
— Dieu, dit l'évêque, y pourvoira.
Sur ces entrefaites, voilà
Qu'on apporte une énorme caisse,
Très-lourde et portant pour adresse :
A Monsieur, Monsieur Bienvenu,
De tous les brigands bien connu,
Offert par son ami Cravatte,
Marqué d'un V sur l'omoplate.

De crainte et d'horreur on frémit
En voyant ce coffre maudit,
Mais pourtant à la fin on l'ouvre,
Et devinez ce qu'on y trouve?
De magnifiques ornements
Couverts d'or et de diamants ;
Cette épiscopale parure
Provenait, à ce qu'on assure,
D'un vol tout-à-fait opportun,
Fait à Notre-Dame d'Embrun.
A cette aubaine inattendue,
L'évêque, d'une voix émue,
S'écrie : Allons, vite à genoux!
Le bon Dieu prend pitié de nous.
— Ah! dit le curé, c'est le diable.
Cela me paraît plus probable.
— Moi, reprend l'évêque, mordieu!
Je vous dis que c'est le bon Dieu.
Aussitôt la cérémonie,
On se rend dans la sacristie :
Curés, chantres et sacristain
S'y disputaient pour ce butin ;
L'évêque arrive et dit : Minute ;
Cessez, s'il vous plaît, la dispute ;
Vous savez bien que c'est à moi
Que Cravatte fit cet envoi ;
Cette affaire-là me regarde,
Ce qu'il m'a donné, je le garde.
Et du tout, faisant un paquet,
Il en fait charger son mulet ;
Puis il part avec ce bagage,
Et chacun lui dit : Bon voyage!

A la cure du Chastelard,
Il arrive un peu sur le tard ;
Et, par farce, entre à la sourdine,
Dame Magloire et Baptistine,
Qui le prirent pour un voleur,
Se mirent à crier de peur.
—Là ! là ! ma sœur, pauvre chatte,
Me prenais-tu donc pour Cravatte ?
Dit l'évêque ; mais calmez-vous,
Cravatte est un homme fort doux ;
C'est à tort qu'on le calomnie ;
Quant à moi, je vous certifie
Que c'est un honnête brigand,
Car il m'a fait un beau présent.
Alors, à leurs yeux il étale
Les trésors de la cathédrale.
— Ah ! dit Magloire, que c'est beau !
Vraiment, il vous fit ce cadeau ?
— Oui, dit-il, vous pouvez m'en croire,
Et les voleurs, dame Magloire,
Désormais, c'est un fait bien clair,
Sont moins méchants qu'ils n'en ont l'air.

CHAPITRE VIII.

PHILOSOPHIE APRÈS BOIRE.

Monsieur Myriel était bon diable,
Et tenait bien sa place à table
Quand l'occasion l'exigeait ;
Aussi, toujours chez le préfet,
Quand on se donnait une panse,
Son couvert était mis d'avance.
Il y trouvait ce sénateur,
Le charmant et plaisant auteur
De cette ébouriffante épître,
Dans laquelle, comme un bélitre,
Il rudoie et traite assez mal
Son honorable commensal.
Notre sénateur en goguette,
Mettant la main à sa casquette,
Dit : Monseigneur, causons un peu,
Rien ne nous gêne ici, parbleu !
Ne sommes-nous pas deux augures,
Et pouvons-nous voir nos figures,
Nos habits dorés et cossus,
Sans rire comme des bossus ?
— Mon cher, j'ai ma philosophie,
C'est de passer gaîment la vie !
— Cette philosophie, au fait,
Dit Monseigneur, ne me déplaît,

Elle est commode et pas farouche,
Et comme on la fait on se couche.
— Pour moi, reprend le sénateur,
Diderot est déclamateur;
C'est un révolutionnaire,
Beaucoup plus bigot que Voltaire;
L'homme que je prise très-fort,
C'est Nédham, et Voltaire eut tort,
De se moquer de son système.
Vous savez par quel stratagème,
Dans du vinaigre et du levain,
Ce savant fit naître un couvain
D'anguilles toutes frétillantes
Et même fort appétissantes.
On peut donc par ce procédé,
Simple comme l'a b c d,
Créer des garçons et des filles
En utilisant ces anguilles;
D'où j'ai conclu tout aussitôt,
Et sans tourner autour du pot,
Que pour peupler chaque hémisphère,
Un Dieu n'était pas nécessaire.
A quoi bon ce Père éternel
Qu'on nous dit perché dans le Ciel?
Votre Jéhovah me fatigue,
J'en fais cas comme d'une figue;
On nous parle d'un Paradis
Qui me paraît un vrai taudis,
Ou d'un Enfer avec sa braise,
Tout cela c'est de la fadaise;
La chanson dit avec bon sens :
Quand on est mort c'est pour longtemps.

Moi, je suis carré par la base,
Et je vous dis, sans plus de phrase :
Le sage aussi bien que le fou,
Chacun tombe dans le grand trou
Où le fossoyeur vous retrousse,
Et puis va comme je te pousse;
C'est la fin, *finis!* tout finit :...
Le lendemain, c'est de la nuit.
Nous ne sommes pas à l'église
Et nous pouvons, avec franchise,
Chuchoter ces vérités-là
Entre amis,... *inter pocula !*
Quant à la vile populace,
Aux va-nu-pieds, porte-besace,
Je sais, cher évêque, pardieu,
Qu'il faut leur laisser un bon Dieu.

   Pour digérer cette tirade,
L'évêque but une rasade,
Et préparant quelques bons mots,
Entièrement hors de propos,
Il dit, quand on eut fait silence :
— Eh bien ! voilà de l'éloquence,
Bravo ! Monsieur le sénateur,
Vous êtes un grand orateur :
Oui, nous laisserons le vulgaire
Bêtement faire sa prière,
Et même nous lui permettrons
De manger une oie aux marrons;
Mais nous autres, nobles tartuffes,
Nous mangerons la dinde aux truffes
Que l'un des nôtres inventa,
Comme il fit Dieu pour ces gens-là.

———————

CHAPITRE IX.

LE FRÈRE RACONTÉ PAR LA SŒUR.

Le moment me paraît venu
De raconter, par le menu,
Ce qui se fait dans le ménage
De notre éminent personnage,
De ce prélat, à mon avis,
Rara per clericos avis.
Pour cela je vais vous transcrire
Et vous invite fort à lire,
Si vous le pouvez sans bâiller,
Le récit assez singulier
Que, dans une lettre badine,
Fit à ce sujet Baptistine
A Madame de Boischevron,
Veuve d'un comte ou d'un baron :
« Or vous saurez, chère comtesse,
» Que Magloire gratte sans cesse
» Les murailles de ce logis,
» Pleines de rats et de souris ;
» Il se trouve aussi des punaises
» Sous les lambris, dans les mortaises,
» Car elle et moi nous ressentons
» Bien souvent des démangeaisons.
» Notre grand salon à solives
» Nous sert à faire nos lessives ;

» Il est, ma foi! presque aussi beau
» Que celui de votre château,
» Sauf qu'on y sent un peu la pisse
» Du temps qu'il était un hospice;
» Mais c'est ma chambre qu'il faut voir !
» Il est vrai qu'elle est sans miroir ;
» Mais dessous de vieilles tentures,
» Magloire a trouvé des figures ;
» On aperçoit dans des jardins
» Des Romaines et des Romains,
» Puis le chevalier Télémaque,
» Arrivant de l'île d'Ithaque,
» Et qui se sauve comme un sot,
» Quand il aperçoit Calypso;
» Celle-ci se met à sa trousse,
» Et pour mieux courir se retrousse
» En montrant... Mais le mot qui suit
» Est illisible et mal écrit...
» Magloire, voyant les visages
» De ces différents personnages
» Couverts de poussière et brouillés,
» Les a très-bien débarbouillés ;
» Cela m'a beaucoup amusée,
» Et ma chambre est un vrai musée.
» Dans cet appartement si beau,
» Je suis comme un poisson dans l'eau ;
» Nous sommes pourtant fort gênés,
» Et le froid nous rougit le nez :
» De mon frère c'est l'habitude,
» Il nous rend la vie un peu rude,
» Et nous ne mangeons presque rien,
» Mais nous nous portons assez bien.

» Il a conservé la manie
» De ne sortir que par la pluie ;
» Il ne prend jamais son riflard,
» Marche dans l'eau comme un canard,
» Et par la nuit la plus obscure,
» En hiver, malgré la froidure,
» Il court les champs sans avoir peur
» Et revient fait comme un voleur ;
» Nous avons souvent des alertes,
» Toutes nos portes sont ouvertes,
» Il nous défend de les fermer ;
» Entre qui veut, sans se nommer,
» Cela ne nous rassure guère :
» Des femmes !... vous savez, ma chère ?...
» Le bonhomme, entre nous soit dit,
» Devient un vrai pauvre d'esprit ;
» Il est de plus en plus baroque
» Et paraît battre la breloque ;
» Quand il va loin se promener,
» Il ne veut pas nous emmener.
» Un jour, sans tambour ni trompette,
» Le voilà qui prend sa gazette,
» Son bréviaire, sa canne et ses gants,
» Et dans un pays de brigands
» Il va, quelle imprudence extrême !
» Afin de prêcher le carême ;
» Dans leurs mains n'est-il pas tombé ?
» Ah ! nous le croyions bien flambé,
» Mais c'était un fausse alarme,
» Car il se portait comme un charme ;
» En arrivant il dit : Voilà !
» Et sur la table il étala

» Les bijoux d'une cathédrale

» Par eux enfouis dans une malle.

» Ma foi ! je ne pus m'empêcher,

» Au risque de trois fois pécher,

» De lui laver un peu la tête

» Et de me dire : Oh ! qu'il est bête !

» Mais je l'apostrophai tout bas,

» Afin qu'on ne m'entendît pas.

» C'était aussi par trop jocrisse

» Que de se faire leur complice.

» Je vous en dirais bien plus long,

» Mais le papier me fait faux bond,

» Et je retourne à la cuisine ;

» Croyez-moi : Votre Baptistine. »

CHAPITRE X.

L'ÉVÊQUE EN PRÉSENCE D'UNE LUMIÈRE INCONNUE.

Pour moi le chapitre présent
A traduire est embarrassant ;
Pourtant, quoique cela me gêne,
Il faut bien que je vous apprenne
Comment un vieux conventionnel
Convertit l'évêque Myriel,
Quand celui-ci, tout au contraire,
Venait, comme c'est l'ordinaire,
Pour l'envoyer au monument,
Muni du dernier sacrement.
Ce conventionnel solitaire
Vivait reclus dans un repaire,
Une bauge au fond d'un ravin ;
On l'appelait le vieux gredin.
Un jour donc, en sortant de table,
Monseigneur dit : Je veux, que diable !
Connaître enfin ce citoyen
Que l'on dit un si grand vaurien ;
Comme évêque il faut bien que j'aille
Convertir cette vieille ouaille :
Après tout, disait-il tout bas,
Il ne me dévorera pas ;
D'ailleurs, je me suis laissé dire
Qu'il n'existe plus de vampire.
Il s'y dirigeait donc parfois
En se mordant le bout des doigts,

Mais il s'en revenait bien vite,
Sans oser aborder le gîte.
Un jour, pas moins, il s'enhardit
Sur le bruit qui se répandit
Que le scélérat, vers la fauche,
Pourrait bien tourner l'arme à gauche.
Il prit donc en main son bâton,
Mit son pardessus de coton ;
Car sa soutane d'ordinaire
Etant décousue au derrière,
Et pleine de trous au devant,
Eût laissé pénétrer le vent.
    Arrivant au bout d'une friche,
Il reste sot et tout godiche,
En voyant un vieux paysan
Le chef couvert d'un bonnet blanc,
Le nez au vent et le derrière
Dans un fauteuil à la voltaire.
Il se réchauffait au soleil,
Sans remarquer Monsieur Myriel,
Qui s'approche d'un air honnête.
L'homme assis détourne la tête,
Et crie aussitôt : Qui va là!
A cette interjection-là :
— C'est moi, dit l'évêque ; on me nomme
Monsieur Bienvenu, mon bonhomme.
— Ah! vous vous nommez Bienvenu!
Ce nom ne m'est pas inconnu ;
Et lorsque je vous examine,
Je vous trouve assez bonne mine.
Seriez-vous mon évêque? — Un peu.
— Entrez donc alors, sacrebleu!

Prenez là-dedans une chaise,
Et dites-moi, ne vous déplaise,
Ce que vous venez faire ici ?
— Ce que je viens faire ? Ah ! voici :
On m'avait dit qu'un hérétique,
Un débris de la république,
Allait bientôt tourner de l'œil
Et descendre enfin au cercueil.
Allons, dis-je, à cette nouvelle,
Courons où le devoir m'appelle ;
Au démon il faut l'enlever,
Avant qu'il ne vienne à crever.
Mais c'était une coïonnade,
Mon vieux, vous n'êtes pas malade ;
Et je suis, ma foi, très-content,
De vous trouver si bien portant.
— Cela, farceur ! vous plaît à dire,
Reprend l'autre en pouffant de rire ;
Mais dans trois heures, sur ma foi,
Je serai défunt, croyez-moi.
Puis il dit, après une pause :
L'idéal est seul quelque chose ;
L'infini, s'il était fini,
Ce ne serait pas l'infini.
N'étant pas fini, moi j'atteste
Qu'il est l'infini. — Malepeste !
Vous argumentez, mon gaillard,
Mieux que feu le grand saint Bernard.
Mais laissons un peu cette thèse,
Et fermons là la parenthèse.
Vous n'avez pas au moins le tort
D'avoir du roi voté la mort,

Ni mis les gens à la lanterne,
Dit l'évêque d'un air paterne.
— Ma foi! j'avouerai franchement
Que j'ai tout démoli gaîment;
J'étais un vrai père Duchêne,
Et du peuple, en brisant la chaîne,
Je jurais Dieu comme un démon,
J'étais colère, nom d'un nom!
— Ah! quel temps que quatre-vingt-treize!
Qu'ont-ils fait du fils de Louis Seize,
De ce pauvre innocent moutard?
— Pour le plaindre, il est un peu tard;
Pour moi, le frère de Cartouche,
Autant que celui-ci me touche;
L'un comme l'autre étaient fort doux :
Lequel des deux préférez-vous?
Pour Marat et Fouquier-Tainville,
Vous avez Bossuet et Baville;
Le Montrevel vaut bien Carrier,
Et Maillard va pour Letellier.
Pour un bonhomme octogénaire
Et prêt à fermer la paupière,
Vous avouerez qu'il défilait
Très-joliment son chapelet;
Pendant toute cette tirade,
L'évêque est là qui le regarde;
On voit que monsieur Bienvenu
Voudrait bien n'être pas venu;
Il va tirer sa révérence
Quand, après un peu de silence,
De nouveau le conventionnel
Prend à parti monsieur Myriel.

— Mais c'est à vous, cette calèche
Qui stationne auprès de la brèche ?
En vous voyant ce gros bâton
Et cette blouse de coton,
Je croyais que (Dieu me pardonne !)
Vous veniez demander l'aumône ;
Vous vous déguisez, Monseigneur,
Assez bien, parole d'honneur !
Vous autres, vous avez berline,
Bonne cave et grasse cuisine ;
Vous vous régalez de poulets
Et vous habitez des palais.
On dit qu'un évêque est un prêtre,
Je ne dis pas ; cela peut être ;
Mais vous, qu'êtes-vous donc, mon cher ?
— Je suis un misérable ver.
— Comment, un ver dans un carrosse ?
Ne me contez donc pas de gosse,
Parlez catégoriquement
Ou sinon, fichez-moi le camp.
Votre réponse est incongrue,
C'est me prendre pour une grue ;
Et puis au fait, me direz-vous
Ce qui vous amène chez nous ?
Vous causez bien, je vous admire,
Mais que demandez-vous, beau sire ?
— C'est votre bénédiction,
Dit l'évêque avec onction.
    Cette visite pastorale
Dans la ville fit du scandale ;
Chacun en murmurait tout haut,
Et l'évêque était bien penaud ;

4

Magloire pleurait, Baptistine
Etait aussi toute chagrine,
En apprenant le résultat
De la démarche du prélat.
Mais enfin, qu'allait-il donc faire,
Disait-on, dans cette galère?
Etait-ce pour voir Lucifer,
Emporter une âme en enfer?
On dit qu'une vieille comtesse,
Un jour, au sortir de la messe,
Ayant rencontré Monseigneur,
Lui demanda si Sa Grandeur
Prendrait bientôt le bonnet rouge,
Ainsi que son ami du bouge.
— Eh! mais, dit l'évêque, un chapeau
De cette couleur est fort beau,
Vous en vénérez la nuance,
Dans la forme est la différence;
Pour moi, je vous le dis tout net,
C'est bonnet blanc et blanc bonnet.
Au sujet de cette prouesse,
On le turlupinait sans cesse;
Chaque jour on le régalait
De quelque malin quolibet,
Et derrière lui la marmaille
Criait : Fallait pas qu'il y aille.

CHAPITRE XI.

UNE RESTRICTION.

N'allez pas prendre, tout d'abord,
L'évêque pour un esprit fort ;
Sa conjonction téméraire,
Avec le vieux de la tanière,
Ne lui laissa, tout simplement,
Qu'un très-grand ébahissement ;
Tout lui parut, dès cette éclipse,
Plus obscur que l'Apocalypse.
De ce bouge il revint surtout
Un peu plus bête : et voilà tout.
N'oublions pas ici de dire
Qu'il fut fait baron de l'Empire ;
Mais un beau jour Napoléon
Fait fourrer le Pape en prison,
Puis à Paris ouvre un synode
Pour que l'affaire s'accommode ;
Monsieur Bienvenu s'y rendit,
Plutôt fait comme un vrai bandit
Que comme un prince de l'Eglise ;
On voyait passer sa chemise
Par les trous de son vêtement,
Tant était grand son dénûment.
A peine entré, vite et d'emblée,
On l'expulsa de l'assemblée ;
Il s'en revint donc au pays,
Où de le voir on fut surpris ;

Il répond, quand on le questionne :
— Que cela point ne vous étonne.
Je les gênais, l'air du dehors
Leur venait à travers mon corps ;
Ces Messeigneurs-là sont des princes
Vivant dans de riches provinces ;
Ils sont bien nourris, gros et gras,
Ce sont des faiseurs d'embarras ;
Moi, d'un rustaud j'ai le ton brusque,
Et c'est cela qui les offusque.

    Comme nous faisons son portrait,
Il ne faut pas omettre un trait ;
Nous savons, avec certitude,
Qu'il montra peu de gratitude
Pour l'Empereur Napoléon,
Qui pourtant l'avait fait baron,
Au point que, dans son diocèse,
A partir de mil huit cent treize,
Le chant : *Domine salvum fac*
Fut désormais mis dans le sac.

    Nous avons su, dès l'origine,
Qu'il avait pour sœur Baptistine ;
Mais vous ignoriez jusqu'ici,
Et moi je l'ignorais aussi,
Qu'il eût avec elle deux frères,
Probablement légionnaires,
L'un préfet, l'autre général,
Mais cela vous est bien égal.

    S'il manqua de reconnaissance
Et fit preuve d'impertinence
Envers son puissant souverain,
Quand il le vit dans le pétrin,

Je vous avoue, avec franchise,
Que ce fut par pure bêtise,
Car il avait le cœur très-bon
Et pas plus de fiel qu'un mouton ;
Une anecdote intéressante
En est la preuve convaincante :
Quand Louis Dix-Huit, un beau jour,
Eut repris la place à son tour,
Un vieux soutien de la patrie,
Etant concierge à la mairie,
Proférait sans cesse, en tous lieux,
Mille propos séditieux ;
Il disait : — Que Dieu m'extermine !
Si l'on me voit sur la poitrine
Porter jamais les trois crapauds ;
Ce qu'il entendait par ces mots,
C'était les fleurs de lys françaises
Qu'on nommait aussi des punaises.
Il se moquait du roi Louis
Et de sa queue en salsifis ;
— Qu'il s'en aille donc, cette croûte,
En Prusse, manger sa choucroute,
Disait-il ; mais à la fin
On vint lui dire un beau matin
D'aller chercher une autre place.
Il allait être à la besace
Si ce bon évêque Myriel
Ne l'eût, dans ce moment cruel,
Après quelques mots de morale,
Nommé suisse à la cathédrale,
Lui disant de la bien garder
Et de ne pas tant bavarder.
Après une action si belle,
Ne faut-il pas tirer l'échelle ?

CHAPITRE XII.

SOLITUDE DE M. BIENVENU.

Un évêque, dans son palais,
Est entouré de prestolets ;
Quand il sort, c'est une cohorte
D'abbés qui lui servent d'escorte ;
Aussi le charmant saint François,
Un saint subtil et très-narquois,
Ayant souvent le mot pour rire,
Ne se gênait pas pour leur dire,
En voyant leurs salamalecs,
Qu'ils n'étaient tous que des blancs-becs.
Ces chérubins du séminaire
Sont un vrai système solaire
Gravitant autour d'un prélat
Pour atteindre à l'apostolat,
Puis aller, mais la chose est rare,
De la calotte à la tiare.
Combien de ces fringants abbés
En chemin restent embourbés,
N'attrapant au lieu de barette
Que le pot au lait de Perrette.
Monsieur Myriel ne suivait pas
L'exemple de ces fiers prélats ;
Sa suite n'était pas nombreuse,
On fuyait sa vertu galeuse ;
Il restait seul comme un hibou,
Toujours confiné dans son trou.

Hélas ! dans le siècle où nous sommes,
On ne voit que 🍀 petits grands hommes ;
Naissez coiffés, cela suffit,
Vous n'avez pas besoin d'esprit :
On n'estime que ce qui brille.
Comme le manche d'une étrille,
On méprise le vrai talent
Quand il est dépourvu d'argent ;
Aussi Juvénal et Tacite
Bougonnent de voir le mérite
Eclipsé par un parvenu,
Qui n'est que le premier venu.

Aux yeux des gens de notre époque
(Pardon si l'idée est baroque),
Mousqueton est une beauté,
Le gros Claude une majesté ;
Avec les brillantes étoiles,
Qui de la nuit percent les voiles,
Ces gens bornés, esprits étroits,
Confondent ces sortes de croix,
Qu'avec ses pattes, dans la crotte,
Fait un canard quand il barbotte.
J'espère que voilà, lecteur,
Une tirade de longueur.
Je l'ai pourtant fort abrégée.
Mon auteur l'avait allongée
Par un tas de vieux lieux communs
Que j'ai sautés, car quelques-uns,
Délayés dans un mauvais style,
T'auraient fait faire de la bile ;
Je t'en ai fait grâce et, vraiment,
Tu me dois un remercîment.

CHAPITRE XIII.

CE QU'IL CROYAIT.

Nous connaissons un peu sa vie ;
Mais, quant à son orthodoxie,
Hugo dit qu'il n'a pas sondé
Le cœur de l'évêque de D.
Ce qu'il sait avec certitude,
C'est qu'il a la bonne habitude,
Le soir de dire son *Credo*
Avant d'aller faire dodo,
Et que chaque jour il se lève
Sans avoir fait de mauvais rêve.

Tous les hommes sont des brutaux,
Qui maltraitent les animaux ;
C'est prouvé par la loi nouvelle
Que, plein d'un charitable zèle,
Fit voter un Monsieur Grammon,
Ce qui perpétuera son nom.

Comme on le dit des saints prophètes,
L'évêque avait pitié des bêtes.
Un jour donc que, de grand matin,
Il travaillait dans son jardin,
Sa sœur, la grande Baptistine,
L'examinait à la sourdine ;
A terre il avait ramassé
Quelque chose et, le nez baissé,
Il disait, la mine songeuse :
— Pauvre bête, qu'elle est hideuse !
Elle inspire bien du dégoût !
Mais est-ce sa faute, après tout ?...

C'était une grosse araignée
Que l'évêque avait empoignée,
Noire, velue à faire peur
Et même à soulever le cœur.
Ce trait généreux me rappelle
Qu'à l'exemple de Marc-Aurèle,
Un jour il eut le pied demi
Pour éviter une fourmi
Trottant d'une démarche aisée
Et qu'il eût sans doute écrasée,
Sans un mouvement de pitié
Qui lui fit se tordre le pied.

    Rappelons que, dans sa jeunesse,
Son cœur était plein de tendresse,
Que, friant de virginité,
Même dans sa virilité,
Sans choix ni préférence aucune,
Il courait la blonde et la brune,
A la messe allant rarement ;
D'après cela certainement,
Ce n'est pas chose singulière
Que l'on vît dans son caractère,
Comme on en voit dans un rocher,
Des trous qu'il ne pouvait boucher ;
Car quand l'eau tombe goutte à goutte,
D'un roc elle perce la croûte.

    L'an mil huit cent... nous l'avons dit,
Il n'était pas grand, mais petit ;
Il était gras et non pas maigre,
Et malgré cela très-alègre ;
S'il courait les champs à grands pas,
Ce qui ne le fatiguait pas,

C'était, sans que cela paraisse,
Pour faire fondre un peu sa graisse.
Il marchait sans courber le dos
Et le jarret toujours dispos,
Avec une très-vive allure,
Mais il n'en faudrait rien conclure;
Car Grégoire, à quatre-vingts ans,
Se tenait droit devant les gens;
C'était pourtant un mauvais drôle
Qui joua même un vilain rôle.

    Quand Myriel se rasait de près,
Il avait le teint rose et frais;
Une gaîté toute enfantine
Ajoutait à sa bonne mine.
Il se campait bien sur ses hanches,
Avait toutes ses dents bien blanches,
Qu'il montrait en riant... En somme,
C'était le type du bonhomme;
On se souvient qu'il avait fait
Sur Napoléon cet effet.
Pendant le jour, le corps en nage,
Il s'occupait de jardinage;
Pendant la nuit, Monsieur Myriel
Restait béant, les yeux au ciel.

    Ce qu'il croyait, c'est un mystère,
Que notre auteur n'éclaircit guère.
Il tourne tout autour du pot
Et ne nous dit pas le fin mot;
Mais à considérer la chose,
On voit bien, à travers sa prose,
Que cet évêque bon enfant
Était tant soit peu mécréant.

CHAPITRE XIV.

CE QU'IL PENSAIT.

Nous avons vu ce qu'il croyait,
Cherchons un peu ce qu'il pensait ;
Un dernier mot va nous l'apprendre,
Si nous parvenons à comprendre
Les raisonnements uu peu creux
De ce chapitre ténébreux.
    Etait-ce un évêque déiste,
Ou bien était-il panthéiste?
Aucun de ceux qui l'ont connu,
A le savoir n'est parvenu.
L'auteur pourrait nous en instruire,
Mais il ne veut pas nous le dire.
    On sait que cet homme, tout rond,
N'était pas un esprit profond ;
Pour tout ce qui lui semblait terne ,
Son cœur lui servait de lanterne ;
Toute espèce de profondeur
Le faisait reculer d'horreur ;
Près d'une ouverture béante
Il était saisi d'épouvante,
Et devant des escarpements
C'était des éblouissements.
Ce n'était pas un grand génie,
La haute montagne infinie
Et sa terrible vision
Le laissaient sans émotion ;

Sans glisser jusqu'à la démence,
Où l'étude de la science
Jeta Swedenborg et Pascal,
Ce singulier original
Avait fait une autre glissade ;
L'univers lui semblait malade,
Il voyait la fièvre partout ;
Cela se comprend, après tout,
Puisqu'il habitait un hospice,
Et que peut-être la jaunisse
Lui faisait tout apercevoir
Teint en jaune ou plutôt en noir.

Sous triple verroux, triple grille,
Comme une huître dans sa coquille,
Notre évêque se renfermait.
Il y vivait, il y dormait,
Sans s'occuper de la substance
Du moi persistant, de l'essence,
Et négligeant l'*Ens* et le *Nil*
Comme un problème trop subtil,
Qui pourrait jeter dans son âme
L'éclat d'une trop vive flamme.

A travers ce salmigondis,
Lecteurs, si vous avez surpris
De notre évêque la pensée,
Ce qui n'était pas chose aisée,
Je vous admire, sur ma foi !
Car ce qu'il pensait, quant à moi,
M'apparaît dans une pénombre
Et tout couvert d'une ombre sombre,
Pour me servir de ces grands mots
Que mon auteur, à tous propos,

Emprunte à sa rétive muse
Et dont trop souvent il abuse,
Les semant à tort, à travers,
Et dans sa prose et dans ses vers,
Surtout quand cet esprit sublime
Est à court de toute autre rime.

FIN DU LIVRE PREMIER.

LIVRE II.

LA CHUTE

CHAPITRE PREMIER.

LE SOIR D'UN JOUR DE MARCHE.

Un jour, un voyageur à pied
Traversait la ville de D :
Culotte percée au genou,
Cravate en corde autour du cou,
De grosse toile une chemise,
Vieille casquette et blouse grise,
Dans ses souliers des pieds sans bas,
Une tête tondue à ras ;
Tel était le piètre équipage
De ce délabré personnage,
Qui portait jusque sur le sein
Une barbe de capucin.
    Aussitôt qu'on le vit paraître,
Vite on ferma porte et fenêtre ;
Car vous saurez que ce luron
Tenait en main un gros bâton.
Il suivait tout du long la rue
Que l'Empereur a parcourue

Allant de Cannes à Paris,
Tous deux par les gamins suivis.
(Admirez un peu, je vous prie,
En passant ce trait de génie,
De faire ainsi marcher de front
Ces deux sortes de vagabond.)
L'auteur a dû tressaillir d'aise
Quand il trouva cette antithèse.

Il faisait si grande chaleur
Que la poussière et la sueur
Lui coulaient le long du visage;
Cet homme était si fort en nage,
Il avait si soif, qu'il buvait
A chaque mare qu'il trouvait.

Vers une heure, une heure et demie,
Il se rendit à la mairie,
Je me doute pour quel objet;
Il trouva, comme il en sortait,
Un bon gendarme en exercice
A la porte de l'édifice,
Et lui fit un profond salut
Que ce fonctionnaire reçut
Sans s'empresser de le lui rendre,
Ce qui commence à me surprendre,
Car, généralement parlant,
Le gendarme est très-bon enfant.
Vexé de cette impolitesse,
Le va-nu-pieds que la faim presse
Vous gagne aussitôt, à grands pas,
L'hôtel de la *Croix de Colbas*
Dont le maître, nommé Labarre,
Cuisinier d'un mérite rare,

Etait de plus un des cousins
De l'hôtelier des *Trois-Dauphins*,
Célèbre auberge de Grenoble,
Où des voyageurs le plus noble,
L'illustre et grand Napoléon
Vint en passant prendre un bouillon.
Notre gaillard tout hors d'haleine
Entre et va s'installer, sans gêne,
Auprès d'un grand feu qui flambait
Pendant que la broche tournait.
On entendait de la cuisine
Rire dans la salle voisine ;
C'était des rouliers très-joyeux
Qui prenaient un repas copieux.

    Pour peu que vous ayez l'usage,
Lorsque vous êtes en voyage,
De dîner avec des rouliers,
Vous savez bien que des banquiers,
Auprès d'eux font très-maigre chère,
Ne buvant que de l'ordinaire.
Sur leur table on voyait briller :
Poissons exquis et fin gibier,
Truites, perdrix, coqs de bruyères
Et du fromage de Gruyères.
L'hôte, en voyant ce malôtru,
Lui dit d'un ton sec et bourru :
— Que voulez-vous ici, bonhomme ?
— Moi, dit une voix de rogomme,
J'ai des sous dans mon boursicot
Et je veux manger du fricot ;
Faites-moi cuire une entre-côte.
— Un instant, s'il vous plaît, dit l'hôte.

Ce n'est pas pour vous, mon petit,
Que chez Labarre le four cuit.
Je ne vous dirai rien de rude,
Car je suis poli d'habitude;
Mais on vous nomme Jean Valjean,
Ainsi filez, allez-vous-en.

A ces mots, il resta tout bête
Et sortit en baissant la tête,
Mais aussi marronnant tout bas
D'être sevré d'un bon repas.

Il parcourt de nouveau la ville
Afin de chercher un asile;
Arrivé ruelle Chaffaut,
Il dit : Voilà ce qu'il me faut.
C'était un vrai cabaret borgne;
Le cabaretier qui le lorgne,
Voyant son triste accoutrement,
Ferme sa porte brusquement.

Nous ne suivrons pas l'odyssée
De cette âme en peine et froissée.
Quand il vit la nuit approcher,
Valjean, qui voudrait se coucher,
S'en va se fourrer dans la niche
D'un énorme et vilain caniche;
Le chien, à qui cela déplaît,
Arrive et l'empoigne au mollet,
Valjean, sans tambour ni trompette,
Tout aussitôt bat en retraite
Et tient en respect le mâtin
En faisant tourner son rotin.
Sauvé de la gueule effroyable
De ce chien si peu charitable,

5

L'homme se sauve comme un fou,
Risquant de se rompre le cou.
Enfin, près de la cathédrale,
Sur un banc de pierre il s'étale,
Montrant le poing comme un païen
A cet édifice chrétien.

    Survint une vieille marquise,
Sortant un peu tard de l'église.
— Que faites-vous là, mon ami,
Dit-elle; êtes-vous endormi?
— Pas encore, mais je me couche
Et vais dormir comme une souche,
Car je suis passablement las.
— Il n'est pas doux ce matelas.
— Dame! il est doux comme une pierre;
J'en ai bien vu d'autres, la mère!
Pendant dix-neuf ans, autrefois,
Je n'eus qu'un matelas de bois.
— Que ne cherchez-vous une auberge
Qui, pour quelques sous, vous héberge?
— Je n'ai pas d'argent, voyez-vous.
— Dans ma bourse j'ai quatre sous,
Dit cette marquise un peu chiche,
Qui peut-être n'était pas riche,
Je voudrais vous en offrir plus.
— Donnez, ce n'est pas de refus,
Et maintenant ne vous déplaise,
Laissez-moi dormir à mon aise.
— Mais vous n'êtes pas bien du tout,
Il faut aller frapper partout
Et vous trouverez bien, que diable !
Quelque personne secourable?

— Je marche depuis le matin ;
Et je cogne, avec mon gourdin,
Dans chaque rue, à chaque porte,
Mais ici, le diable m'emporte !
Je ne vois que des gens mal nés
Qui me ferment la porte au nez.

    Alors notre vieille marquise,
D'un ton de politesse exquise,
S'avance et lui parlant tout bas,
Lui dit en lui prenant le bras
Et lui montrant une masure :
— Vous n'aurez pas frappé, j'en jure,
A cette maison que voici.
— Non, pas encore. — Frappez-y.

CHAPITRE II.

LA PRUDENCE CONSEILLÉE A LA SAGESSE.

Ce soir-là, sans être malade,
Au retour de sa promenade,
Monsieur l'évêque par hasard,
Dans sa chambre était resté tard ;
Ayant à sa bouche une plume,
Sur ses genoux un gros volume,
Il s'amusait à replier
Des petits carrés de papier
Sur lesquels, quoique mal à l'aise,
N'ayant qu'une mauvaise chaise,
Il développait tous les soirs
Son opinion sur les devoirs
Que l'on se doit les uns aux autres,
D'après les Actes des Apôtres.
Par malheur cet écrit savant
Est demeuré dans le néant.

Magloire, avec étourderie,
S'en vint chercher l'argenterie
Auprès du lit, dans un placard,
Ce qui voulait dire : il est tard.
Comprenant ce muet langage,
Notre évêque plia bagage ;
Puis, *hic et nunc* il se rendit
Dans la salle à manger sans bruit,
Et s'aperçut, douce surprise !
Que la nappe était déjà mise.

Ici j'omets, d'intention,
La nouvelle description
De la tournure et de la mine
De Magloire et de Baptistine,
Ne voulant pas, comme l'auteur,
Te répéter, mon cher lecteur,
En un flux de vaines paroles
Ces insipides fariboles.
Je vais dire un mot seulement
De leur drôle d'accoutrement :
Un bonnet blanc comme l'ivoire
Ornait la tête de Magloire,
Et d'une pièce d'estomac
(Pour empêcher que le tabac,
Quand elle prenait une prise,
Ne pût tomber dans sa chemise)
Elle avait le sein recouvert,
A sa ceinture un ruban vert.
Mademoiselle Baptistine
Ne portait pas de crinoline
Et paraissait un long tuyau
Enveloppé dans un boyau ;
Au lieu de bonnet sur sa nuque,
Elle avait mis une perruque ;
Vous me prenez pour un blagueur?
Mais j'en appelle à mon auteur.

Quand l'évêque entra, la Magloire
Semblait raconter quelque histoire
Et je crois que, dans son caquet,
Il était question de loquet,
Car c'était le thème ordinaire
De l'une et l'autre ménagère.

L'évêque entendit quelques mots
Et dit : — Eh bien donc mes agneaux !
De quoi chuchotez-vous ensemble ;
Vous parliez tout bas, il me semble ?
Serions-nous dans un grand danger ?
— Oui, dit Magloire, un étranger,
Un vagabond, va par les rues
Et nous en sommes tout émues ;
Aucun ne veut le recevoir,
Car il fait peur rien qu'à le voir.
La maison ici n'est pas sûre,
Non, Monseigneur, je vous l'assure,
Et, sans que nous puissions bouger,
On viendrait bien nous égorger,
Je vous le dis sans périphrase.

A peine elle eut fini sa phrase,
Patatras, voilà tout-à-coup
Qu'on entend frapper un grand coup
A faire trembler la barraque.
— Entrez, dit l'évêque maniaque.

CHAPITRE III.

HÉROISME DE L'OBÉISSANCE PASSIVE.

La porte brusquement s'ouvrit.
Un homme, ou plutôt un bandit,
Entre soudain, comme une bombe,
Magloire, à la renverse en tombe.
La rage éclatait dans les yeux
De ce brigand audacieux ;
Et la Baptistine, tremblante,
Mais sans tomber, resta béante
En voyant qu'il tenait en main
Un énorme et très-lourd gourdin.
Sans s'émouvoir plus qu'une souche,
L'évêque allait ouvrir la bouche
Quand l'homme dit d'un très-haut ton,
Faisant pirouetter son bâton :
— Voici ; Jean Valjean l'on me nomme ;
Je sors du bagne, mon bonhomme,
Comme un chien galeux l'on me fuit,
Je ne sais où percher la nuit ;
C'est au point qu'un mauvais caniche,
Dont j'avais emprunté la niche,
Dans le bas des reins m'a mordu ;
Je me sauvai, comme un perdu,
Et j'allais sur un banc de pierre
M'allonger, quand une commère
M'a dit : Frappez donc là, mon vieux.
— Me voici, j'ai le ventre creux ;

C'est une auberge ici, sans doute;
Pourrait-on casser une croûte?
— Mais comment donc, avec plaisir,
Dit l'évêque, on va vous servir.
Apportez un couvert, Magloire,
Et vous, ma sœur, versez à boire.
— Mais, dit l'homme, ce n'est pas ça,
Vous savez, je suis un forçat.
Magloire eut le nez long d'une aune.
L'homme tirant un papier jaune,
Sur la table le déplia
Et dit : Lisez ce qu'il y a,
On y raconte mes affaires :
« Jean Valjean, sorti des galères,
» Quinze ans pour vol et cætera;
» Cet homme est dangereux!... Voilà,
» C'est écrit, ce n'est pas pour rire;
» Regardez, si vous savez lire. »
— Ce Monsieur me paraît bien las;
Magloire, vous mettrez des draps,
Dit l'évêque, au lit de la salle,
Car le linge m'a paru sale;
Puis regardant le galérien :
— Allons, Monsieur, chauffez-vous bien,
On va bientôt servir la soupe;
Passez-moi le pain, que j'en coupe.
— Quoi! je vais coucher dans des draps.
Dit Valjean, riant aux éclats;
Vous tenez auberge, peut-être?
— Mais non, Monsieur, je suis un prêtre.
— Ah! vous êtes curé? très-bien;
Et vous me logerez pour rien?

— Oui, c'est ici que je demeure
Et nous souperons tout-à-l'heure.
— J'étais bête comme un oison,
Moi qui prenais votre maison
Pour une mauvaise gargotte ;
Mais je vois bien votre calotte,
Je sais ce que c'est qu'un curé,
J'en voyais quand j'étais au *Pré*.
J'ai vu même un jour, à merveille,
L'évêque qui reste à Marseille,
C'est le chef de tous les curés.
Il avait des habits dorés,
On le traitait, je crois, d'Altesse ;
C'est lui qui nous a dit la messe.
Au lieu de calotte il avait
Un assez drôle de bonnet :
C'était une chose pointue
Qui nous éblouissait la vue ;
Cela brillait comme de l'or,
Il me semble le voir encor.
— Monsieur a fini son histoire,
Dit l'évêque ; dame Magloire
Servez-nous tout près du foyer,
Un bon feu va nous égayer.
Mais la lampe n'éclaire guères,
Apportez deux autres lumières ;
Et la Magloire, en rechignant,
Apporta les flambeaux d'argent.
— Curé, dit Valjean, à vrai dire,
Vous me faites crever de rire ;
Vous m'appelez toujours : Monsieur ;
Pour moi c'est beaucoup trop d'honneur ;

Vous allumez même vos cierges
Et vous me servez des asperges,
Du canard et des petits pois;
Je suis traité comme un bourgeois.
Là-bas nous mangions des gourgannes
Et recevions des coups de cannes;
S'il m'arrivait de dire un mot,
Crac, on me fourrait au cachot,
Puis aux pieds j'avais une chaîne
Qui me causait beaucoup de gêne.
— Pour moi, dit l'évêque gaîment,
Je reçois mon monde autrement;
Approchez ici votre verre
Et goûtez-moi de ce madère.
Notre homme le vida d'un coup
Et dévora comme un vrai loup
Tout ce qu'on mit dans son assiette;
Baptistine restait muette
D'étonnement et de stupeur,
En voyant un pareil mangeur.
— Mais il nous manque quelque chose,
Dit l'évêque, dans une pause.
Magloire comprit qu'il voulait
Qu'on mît les couverts à filet
Dont, par un pur enfantillage,
Il aimait qu'on fît étalage.
Elle sortit, sans souffler mot,
Et revint avec aussitôt,
Se disant, en branlant la tête :
— Est-il permis d'être aussi bête?
Sur la nappe, avec le dessert,
Elle étala chaque couvert,
Et notre repris de justice
Leur faisait des yeux en coulisse.

CHAPITRE IV.

DÉTAILS SUR LES FROMAGERIES DE PONTARLIER.

Le soir même ou le lendemain,
Baptistine, la plume en main,
Ecrit deux pages et demie
A Boischevron, sa bonne amie,
Lui racontant qu'un Jean Valjean,
Une espèce de chenapan,
Un galérien, un rien qui vaille,
S'en est venu faire ripaille
Chez son cher frère Bienvenu
Qui, comme un seigneur, l'a reçu.
De cette lettre un long passage
Ne roule que sur le fromage,
Connu de l'univers entier
Et qui se fait à Pontarlier.
A ce Valjean l'évêque explique
Tout au long comme on le fabrique ;
Il voulait ainsi, dit la sœur,
Amuser ce pauvre voleur.
(Je crois agir en homme sage
De supprimer ce bavardage,
Dont le galérien s'ennuyait,
Car à chaque instant il bâillait,
Ouvrant la bouche tout entière,
Comme vous et moi pourrions faire
Si, vers la fin d'un gueuleton,
On nous régalait d'un sermon.)

Voyant l'homme faire silence
Et qu'il perdait son éloquence,
Mon frère se lève et nous dit :
— Il est temps de se mettre au lit;
Enlevez le couvert bien vite,
Que Monsieur se rende à son gîte,
Car il me paraît s'endormir :
Il nous fallut donc déguerpir.

A Dieu, recommandant nos âmes,
La Magloire et moi nous filâmes;
Mais avant de taper de l'œil,
Songeant à la peau de chevreuil
Qui provient de la forêt Noire,
Je dis à madame Magloire :
— Allez, s'il vous plaît, l'arranger
Sur le lit de cet étranger;
Elle est sans poil, c'est bien dommage,
J'en fais depuis longtemps usage;
Mon frère m'en a fait cadeau,
Ainsi que du petit couteau
Qu'il acheta près du Danube
Et dont je me sers d'habitude.

La Magloire revint bientôt,
Récita le *Pater* tout haut,
Et puis, sans tambour ni trompette,
Chacune gagna sa couchette.

CHAPITRE V.

TRANQUILLITÉ.

Monseigneur, alors se levant,
Prit un des deux flambeaux d'argent
Et remit l'autre aux mains de l'homme
En disant : — Allons faire un somme,
Je vais vous montrer votre lit.
Sans rien dire Valjean suivit ;
Mais du coin de l'œil il regarde
Magloire qui, sans prendre garde,
En passant mit dans un placard
Les couverts d'argent du vieillard.
— Bonne nuit, pas de mauvais rêve,
A vos fatigues faites trève ;
Demain, vous boirez avec nous,
Dit l'évêque, du bon lait doux,
Car j'ai deux vaches dans l'étable.
— Merci, vous êtes bien aimable,
Dit Valjean, et roulant les yeux,
Ni plus ni moins qu'un furieux,
Il s'écria d'une voix rauque :
— Cela me semble un peu baroque
Que vous hébergiez un bandit
Tout près de vous, dans votre lit,
Car enfin, je pourrais bien être
Un assassin, mon très-cher maître.

— Cela ne me regarde pas,
Répond l'évêque, et de ce pas
Il s'en va dans la solitude
Rêver, selon son habitude.
Jean Valjean s'étend sur les draps,
Puis, à la mode des forçats,
Ainsi qu'Hugo nous le révèle,
Souffle avec son nez la chandelle.
Notre évêque rentre vers minuit
Et va se fourrer dans son lit ;
Alors bientôt dans la masure
Tout le monde ronfle en mesure.

CHAPITRE VI.

~~~~

JEAN VALJEAN.

∿∿

Valjean dans la nuit s'éveilla,
Tout surpris de se trouver là ;
Le cher homme avait pour patrie
Un gros village de la Brie.
Jeanne Mathieu fut sa maman,
Son papa s'appelait Valjean,
Nom qui lui vint, dans son enfance,
De : « Voilà Jean, » à ce qu'on pense.
Jeune encore, et déjà boudeur,
Il apprit l'état d'émondeur ;
C'était le métier de son père,
Qui s'était laissé choir à terre
Du haut d'un arbre, et sur le coup
S'était un jour cassé le cou ;
Et bientôt, à son tour, la mère
L'avait rejoint au cimetière ;
Mais il lui restait une sœur
Qui devint veuve, par bonheur ;
Cette sœur, femme très-féconde,
Avait mis sept enfants au monde ;
Valjean se réfugia chez elle
Et sa conduite fut très-belle,

Car il travaillait comme deux
Pour sa sœur et pour ses neveux,
N'ayant pour égayer sa vie
Pas une seule bonne amie..
Le soir venu, sur ses genoux
Il dévorait sa soupe aux choux,
Le nez plongé dans son écuelle
Et laissant flotter, autour d'elle,
Les mèches de ses longs cheveux
Qui lui cachaient aussi les yeux.
Jeanne, allongeant un peu la patte,
A la manière d'une chatte,
Lui chipait des choux et du lard
Pour apaiser quelque moutard,
Car elle était fort entichée
De sa trop nombreuse nichée ;
Mais Valjean, qui la voyait bien,
Laissait faire et ne disait rien.
Dans la saison de l'émondage,
Valjean n'avait pas un gros gage,
Par jour il gagnait dix-huit sous,
Ce n'était guères pour eux tous ;
Aussi ces gens criaient famine
Et faisaient tous piteuse mine ;
Or il advint qu'un boulanger,
Un soir, à l'heure du coucher,
Entend du bruit dans sa boutique ;
Il croit que c'est une pratique,
Mais la vitre vole en éclats,
Puis à travers il voit un bras,
Au bout de ce bras une main
Qui venait de chiper un pain,

Notre mitron sort à la hâte,
Les mains encore pleines de pâte,
Et poursuit ce nouveau client
Qui n'offrait même pas d'argent;
Il l'arrête enfin, non sans peine :
C'était Jean Valjean qui, sans gêne,
Pour ses neveux et pour sa sœur,
S'était fait tout-à-coup voleur.
Pour ce vol, commis sans malice,
Valjean fut traduit en justice ;
Au bagne il fut mis pour cinq ans,
C'était la justice du temps.
Pour un pain, cinq ans de galère,
Cette justice était sévère.
Il le fallait bien ; sans cela
Le roman serait resté là.
Le jour que Valjean l'on garrotte,
On proclame qu'à Montenotte
Bonaparte est resté vainqueur.
Admirez avec quel bonheur
Hugo sait associer, sans cesse,
La grandeur avec la bassesse.
Ce fut donc ce jour que Valjean
Reçut pour cravate un carcan.
Il était là, le cul par terre,
Ne sachant ce qu'on voulait faire,
Quand on vint river le boulon
Qui devait, jusques à Toulon,
En faire un anneau de la chaîne,
Qu'au bagne la chiourme emmène.
A chaque coup du lourd marteau,
On voyait frissonner sa peau;

Il ne disait que ces paroles :
— Je demeurais à Faverolles,
J'exerçais l'état d'émondeur.
Ces mots faisaient saigner le cœur
Du guichetier, vrai dur-à-cuire,
Qui ne put s'empêcher de dire,
En déplorant le sort fâcheux
De ce voleur si peu chanceux ·
— Il eût bien mieux fait, le pauvre homme,
De voler une bonne somme,
Au lieu d'un méchant petit pain
Qui n'aurait pu calmer sa faim
A Toulon, sur une charrette,
La chaîne au cou, tout d'une traite,
En vingt-sept jours il arriva ;
D'une casaque on l'affubla,
Puis il alla grossir le nombre
De ces gens que l'on met à l'ombre
Et qui, numérotés, ont l'air
D'un colis de chemin de fer.
Quant à la sœur, pliant bagage,
Elle disparut du village,
Un beau jour avec ses petits,
Qui demeurèrent interdits,
Ne comprenant rien à l'affaire
Qui les privait d'un second père.
L'on n'entendit plus parler d'eux,
Lui-même oublia ses neveux
Qui, dans cette tragique histoire,
Ne figurent que pour mémoire.
On sait que chacun, tour à tour,
Doit tenter de fuir ce séjour,

Mais que tour à tour, c'est l'usage,
On remet l'oiseau dans la cage.
Quatre fois Valjean s'éclipsa,
Quatre fois on le repinça;
On le mit à la double chaîne,
On tripla le temps de sa peine,
Ce ne fut qu'après dix-neuf ans
Qu'on lui donna la clef des champs.
Quand Valjean quitta sa campagne
Pour aller s'installer au bagne,
De rage il était frémissant
Et pleurait comme un innocent.
Son temps fait, il en sortit sombre,
Fuyant le jour et cherchant l'ombre.

CHAPITRE VII.

LE DEDANS DU DÉSESPOIR.

Quoiqu'il ne fût pas un savant,
Il raisonnait assez souvent,
Car ce n'était pas une bête.
Il rumina donc dans sa tête
Et se dit : J'ai peut-être eu tort
De voler un pain tout d'abord.
Il fallait prendre patience
Et consulter ma conscience ;
Elle m'eût dit, c'est bien certain,
Qu'il fallait demander ce pain ;
On m'en eût fait cadeau, peut-être ;
Je n'aurais pas, par la fenêtre,
Au risque de m'estropier,
Enfoncé mon bras en entier ;
Puis bientôt, regardant sa chaîne,
Il fut pris d'un accès de haine,
Et jura que la société,
De lui n'ayant pas eu pitié,
Sur l'humanité tout entière
Il épuiserait sa colère.
Pour mieux arriver à son but,
Notre condamné résolut
D'aller quelques mois à l'école
(Je trouve l'idée assez drôle).

Les frères, dits ignorantins,
Aux galériens, tous les matins,
Donnaient des leçons de lecture,
D'arithmétique et d'écriture,
Et voilà donc qu'à quarante ans,
Jean Valjean s'asseoit sur les bancs,
Car afin de pouvoir mieux nuire,
Ce polisson voulait s'instruire,
Et c'est ainsi qu'il excitait
La rage qui le transportait ;
Dans son âme était des cavernes
Dont la meilleure des lanternes
N'eût pu sonder la sombre horreur,
Tant elle avait de profondeur.
Il fallait que ce malhonnête
Eût de quelque mauvaise bête
L'instinct féroce et carnassier,
Pour ainsi vouloir étudier,
Afin d'assouvir sa vengeance
Sur toute l'innocente engeance
De ce malheureux genre humain
Qu'il prit en grippe pour un pain.
Ajoutons que cet homme atroce
Pouvait, tant il avait de force,
Tenir lieu d'un cric ou d'un treuil
Qu'on nommait autrefois *orgueil*,
Car le lecteur sera bien aise
D'apprendre, entre une parenthèse,
Que dans la ville de Paris
On tira de ce mot, jadis,
Celui de la célèbre rue
De Montorgueil, si bien connue.

Revenons à notre mouton :
Jean le Cric, ce fut là le nom
Dont ses amis le baptisèrent,
Ou pour mieux dire l'honorèrent
Un jour que, quittant le balcon
De l'Hôtel-de-Ville, à Toulon,
Une énorme cariatide
S'en allait tomber dans le vide,
Et qu'il survint fort à propos
Pour la recevoir sur son dos :
On doit donc à ce dos coriace
De la voir encore à sa place ;
De plus, Jean le Cric, le forçat,
Etait aussi souple qu'un chat ;
Rival des oiseaux et des mouches,
Ayant à ses pieds des babouches,
Contre un mur à pic et tout droit,
Il grimpait jusqu'en haut d'un toit
Qui pouvait bien avoir, je gage,
La hauteur d'un troisième étage.
Il parlait peu, ne riait pas,
Et, les yeux fixés à vingt pas,
Il semblait, d'un regard terrible,
Regarder une chose horrible ;
Il voyait des escarpements
Toutes sortes d'entassements
Et des spectres venant en foule ;
Il en avait la chair de poule.
Tout éveillé Valjean rêvait
Et chacun au bagne savait
Que cette fantasmagorie
Résultait de sa rêverie.

Quant au résultat positif,
Jean Valjean, l'être inoffensif,
Après dix-neuf ans de galères,
Eût massacré pères et mères;
Son cœur, son œil, tout était sec,
Et j'ajoute : son corps avec.

CHAPITRE VIII.

L'ONDE ET L'OMBRE.

Ah ! nous y voici, l'onde et l'ombre ;
Quand notre auteur a l'humeur sombre
Et ne sait pas à quel propos,
Il a recours à ces deux mots ;
Car ces deux gros mots, l'*ombre et l'onde*,
Nous font rêver à l'autre monde,
Et d'une profonde terreur
Remplissent l'âme du lecteur.

 Un homme à la mer !... il chavire,
Mais il va toujours le navire ;
Il suit son chemin ; dans la nuit,
Les vents déchaînés font grand bruit ;
L'homme en vain crie : arrête ! arrête !
Les haillons, de l'eau sur sa tête,
Empêchent d'entendre ses cris
Qui se perdent dans le roulis,
Et des vagues la populace
Lui crache l'écume à la face !
Il nage, nage... fait mille efforts,
Sans pouvoir atteindre les bords ;
Sur l'eau, c'est en vain qu'il gigotte
Et qu'il tremble dans sa culotte,
Il faut aller, dans les bas-fonds,
Alimenter les gros poissons ;
Et c'est ainsi que dans le monde,
Autre mer sans borne et profonde,
On en voit plus d'un d'englouti,
A commencer par Jean le Cric.

CHAPITRE IX.

NOUVEAUX GRIEFS.

Quand on vint lui dire à l'oreille :
Fiche ton camp, ce fut mérveille
De voir l'effet que produisit
Ce simple mot sur son esprit.
Un rayon de vive lumière
Vint colorer sa face austère ;
Ce mot magique l'étourdit,
Mais presque aussitôt il pâlit
Et son nez s'allongea d'une aune
En remarquant le papier jaune
Qu'on lui donna pour passeport.
Il eut au cerveau le transport
Et sa bouche fit la grimace
Quand on lui décompta sa masse.
— Je suis volé comme en un bois,
Dit-il en comptant sur ses doigts ;
Ces gens n'ont pas de conscience,
Ils me retiennent ma finance ;
Avec ces vilains grippe-sous,
Je perds soixante-un francs cinq sous ;
Comme il savait l'arithmétique,
Son calcul était sans réplique.
En faisant la soustraction,
Je vois bien qu'il avait raison.

Le lendemain, étant à Grasse,
Il voit des ballots sur la place
Et se présente, offrant son dos,
Afin de porter ces ballots;
Puis, quand il eut fini l'affaire,
Il réclame un léger salaire,
Mais le maître, un vilain escroc,
Lui dit : File, ou gare le *bloc !*
A la note, si l'on se fie,
Ce mot-là, prison signifie.
La couleur de son passeport
Venait de lui causer ce tort.

Voilà l'aventure de Grasse,
C'était une fameuse crasse.
Nous avons vu comment à D,
Notre homme avait été fêté.

CHAPITRE X.

L'HOMME RÉVEILLÉ.

Entendant sonner une horloge,
Valjean dit : Faut que je déloge.
A deux heures après minuit,
Il s'assied sur le bord du lit ;
D'ailleurs, malgré sa lassitude,
Comme il n'avait plus l'habitude
De coucher sur un lit moelleux,
Il ne s'y trouvait pas au mieux,
Et restait au bord de sa couche,
Bâillant à se fendre la bouche ;
Dans son cerveau tant soit peu dur
Roulait quelque chose d'obscur,
Mais qui lui semblait agréable.
Il pensait que, la veille, à table,
Six couverts en métal brillant,
Qu'il jugeait être de l'argent,
Ainsi qu'une grande cuillère,
Etincelaient à la lumière,
Que, sans se gêner, devant lui,
Ce qui l'avait tout ébloui,
La suivante, dame Magloire,
Les avait mis dans une armoire,
Cela valait bien deux cents francs.
Il n'eût pu dans ses dix-neuf ans,
Même sans retenue aucune,
Amasser un pareil pécune.

Au bout d'une heure, tout-à-coup,
Voilà qu'il se lève debout,
Rebâille, étend les bras, s'étire,
Tâte son havre-sac, en tire
Un instrument en fer massif
Et reste immobile et pensif.
Quiconque eût aperçu dans l'ombre
Cet homme à l'air sinistre et sombre,
Seul éveillé dans la maison,
Aurait eu bien sûr le frisson.
Sa méditation hideuse
N'était pourtant pas dangereuse;
Il pensait au forçat Brevet,
Dont la culotte et le gilet,
N'ayant ni boutons ni bretelles,
Etaient tenus par des ficelles·
Ayant fini de réfléchir,
Il songe aux moyens de sortir.
Pour ne pas faire de brioche,
Il met ses souliers dans sa poche,
Et sa barre de fer en main,
S'avance sans faire de train,
En retenant bien son haleine
Jusques vers la chambre prochaine;
C'était celle de Monseigneur,
Qui dormait là de tout son cœur,
Et l'histoire même rapporte
Qu'il n'avait pas fermé sa porte.

CHAPITRE XI.

CE QU'IL FAIT.

Jean Valjean écoute... aucun bruit!
A faire un pas, il s'enhardit,
Puis en même temps se concerte,
En voyant la porte entr'ouverte.
D'abord il la pousse du doigt,
Le passage étant trop étroit;
Puis il la pousse encore... encore.
En ce moment un bruit sonore
A ses oreilles retentit,
Et Jean Valjean en tressaillit.
C'était un gond dépourvu d'huile,
Qui criait comme un imbécile;
Il crut, en l'entendant crier,
Ouïr du jugement dernier
Sonner la maudite trompette,
Ou que quelqu'un criait : Arrête!
Ou bien encore il comparait
Le cri de ce gond indiscret
Aux aboiements d'un chien de garde
Et que l'on criait : A la garde!
Tout-à-coup, ce gond grandissant,
Lui paraissait un gond vivant
Appelant la gendarmerie,
Mais c'était pure rêverie.

Dans la maison rien ne remuait,
Et le prélat toujours dormait;
Alors il dit : Finissons vite,
Et sans prendre de l'eau bénite
Ni s'agenouiller au prie-dieu,
Qu'il aperçut dans ce saint lieu,
Valjean, comme une bête fauve,
S'en alla tout droit vers l'alcôve...
Et l'évêque dormait toujours !
Ne se doutant pas que ses jours
Couraient une mauvaise chance,
Tant cet homme avait d'innocence !
Valjean, par un retour soudain,
Tenant sa barre d'une main,
De l'autre, comme un homme honnête,
De son chef ôtant sa casquette,
Fit au dormeur un grand salut,
Et même, par la suite, on sut
Qu'en voyant cette auguste face,
Dormant sans faire la grimace,
Il sentit s'émouvoir son cœur
Pour cet intrépide dormeur,
Et dans un élan de tendresse
Lui fit une douce caresse,
C'est-à-dire alla déposer
Sur cette face un gros baiser.
Après cette noble prouesse,
Valjean comprend que le temps presse;
Craignant de se mettre en retard,
Il se rend auprès du placard
Dont Magloire, la chambrière,
Avait, quoique d'avis contraire,

Laissé les ventaux entr'ouverts,
Vous empoigne tous les couverts,
Que dans son bissac il emporte,
Prend la fenêtre pour la porte,
Bondit sur le mur du jardin
Comme un tigre avec son butin ;.
Et lorsque se leva l'aurore,
Dans les champs il courait encore.

CHAPITRE XII.

L'ÉVÊQUE TRAVAILLE.

L'aurore donc, au teint brillant,
Resplendissait à l'orient,
Quand le prélat, qu'un besoin presse,
De se rendre au jardin s'empresse.
Magloire, arrivant sur ses pas,
Lui dit en poussant des hélas :
— L'argenterie est disparue,
Monseigneur ne l'a-t-il pas vue?
— Non, je n'ai vu que le panier
Qui gît là-bas, près du prunier.
— Sans doute, Monseigneur plaisante
Et se moque de sa servante.
Mais je crains bien, mon bon Jésus!
Que l'homme ait mis la main dessus :
Clopin, clopant, dame Magloire
S'encourut vite à l'oratoire,
Pendant que l'évêque piteux,
Visitait, les larmes aux yeux,
Un plant de choux ou de salade
Qu'avait réduit en marmelade
En se sauvant notre larron,
Ainsi qu'un très-beau potiron.
La Magloire en revenant crie :
— Nous n'avons plus d'argenterie,
Il nous l'a prise, le sans cœur,
Faut être bigrement voleur!

Excusez un peu si je jure,
Mais voyez-vous, j'en étais sûre.
L'évêque était silencieux,
Et levant un œil sérieux,
Il dit : D'abord cette mitraille
Vaut-elle que si fort on braille?
Il faudrait bien aussi savoir
S'il nous est permis d'en avoir?
Magloire fit une grimace
Qui voulait dire : Est-il bonasse!
Et dit tout bas : Ah! le brigand!
De si jolis couverts d'argent!
— Ce n'est pas pour moi, reprit-elle,
Ni même pour Mademoiselle;
Mais nous verrions avec chagrin
Sa Grandeur manger dans l'étain,
Car ce n'est pas fort agréable.
Une heure après, étant à table,
La Magloire se désolait;
Lui, trempait son pain dans du lait
En disant : Voilà la manière
De se passer d'une cuillère.
Le déjeuner allait finir,
Quand on vit la porte s'ouvrir;
Un brigadier et ses gendarmes,
En uniforme et sous les armes,
Tenaient mon Valjean au collet,
Qui de tous ses membres tremblait,
Ayant la mine déconfite,
Mais qui se rassura bien vite
Quand l'évêque, clignant des yeux,
Lui dit : Ah! vous voilà, mon vieux,

7

De vous revoir je suis bien aise ;
Sans façon, prenez une chaise ;
Vous tardiez bien à revenir,
J'allais vous faire prévenir,
Et m'ennuyais de vous attendre.
Vous avez oublié de prendre
Ces deux chandeliers que voici,
Je vous les ai donnés aussi ;
Je les avais mis sur la table,
Ils sont en argent véritable,
Et vous pouvez de ce butin
Tirer deux cents francs, c'est certain :
Pour vous l'affaire est excellente.
Valjean resta bouche béante,
Et les gendarmes tout penauds
Se dirent : Nous sommes des sots.
Aussitôt donc ils le lâchèrent,
Très-poliment le saluèrent
En lui disant : Excusez-nous.
Valjean pensait : Ils sont donc fous ?
C'est à faire pouffer de rire,
Qu'est-ce que tout cela veut dire ?
Je n'y comprends rien ; mais soudain
L'évêque lui tendant la main
Et prenant un ton débonnaire,
Dit tout ému : Valjean, mon frère,
Je vous mets au rang des élus,
Allez en paix, ne péchez plus.

CHAPITRE XIII.

PETIT-GERVAIS.

Aussitôt, à Son Eminence,
Valjean tire sa révérence,
Et le voilà par les chemins,
Les sentiers, les monts, les ravins,
Qui vous détale, d'un pas leste,
Comme un homme qui craint la peste.
Quoiqu'il fût l'heure de manger,
Il n'y paraissait pas songer ;
Il faut dire aussi qu'à merveille
Notre homme avait soupé la veille.
S'étant assis sous un buisson,
Vers lui vint un jeune garçon,
Au flanc portant une marmotte
Et chantant comme une linotte,
Un de ces petits savoyards
Qui s'en vont ramassant des liards.
En jouant et par maladresse,
Il laissa tomber une pièce ;
Le Valjean qui l'avait épié,
Aussitôt dessus mit le pied.
Le moutard, plein de confiance,
Ainsi qu'il convient à l'enfance,
Lui dit, avec son rire franc :
— Monsieur, rendez-moi mon sou blanc.

— Dis-moi, toi, comment l'on t'appelle?
Dit Valjean, roulant la prunelle.
— On m'appelle Petit-Gervais.
— C'est bien, suffit! Allons, la paix!...
Va-t-en. — Je veux ma pièce blanche,
Et mettant le poing sur sa hanche:
— Eh bien donc! me la rendrez-vous,
Ma pièce de quarante sous?
Alors, de sa voix de tonnerre,
Valjean dit : — Vas-tu bien te taire?
Remarquez qu'en prenant ce ton
Il fit pirouetter son bâton,
Et le savoyard, à ce geste,
Courut sans demander son reste.
Mais bientôt cet homme hideux,
Frappé d'un rayon lumineux
Que la pièce qui gît à terre
Fait jaillir jusqu'à sa paupière,
Sent un micmac dans son cerveau
Qui le fait pleurer comme un veau.
En se voyant, comme en peinture,
Il eut grand'peur de sa figure
(Je ne sais comme il put se voir,
Car il n'avait pas de miroir).
Dans son effroi, cet homme immonde
Reprit sa course furibonde ;
Petit-Gervais il appelait,
Mais l'écho seul lui répondait;
Car notre gamin, par prudence,
Avait sur lui pris de l'avance.
   Ce que Valjean devint et fit,
C'est ce qu'on ne m'a jamais dit :

L'histoire seulement rapporte
Qu'un beau soir, on vit à la porte
De Monseigneur, dit Bienvenu,
Un pauvre diable, à moitié nu,
Qui, les deux genoux sur la pierre,
Paraissait faire sa prière.
Si c'était Valjean, moi je dis,
Et vous serez de mon avis,
Qu'en place de sa patenôtre
Il eût mieux fait, le bon apôtre,
De rendre à ces gens singuliers
Leurs couverts et leurs chandeliers.

LIVRE III.

En l'année 1817.

CHAPITRE PREMIER.

L'ANNÉE 1817.

Mil huit cent dix-sept est le titre
Par où débute ce chapitre;
A cette époque chacun sait
En France ce qui se passait.
Je serais une franche bête
Si j'allais me casser la tête
A vous en faire le détail,
Ce serait un trop long travail ;
Je passerai donc sous silence
Ce que je crois sans importance,
Et ne dirai qu'en quelques mots
Ce qui me paraît à propos.
L'Anglais alors, à Sainte-Hélène,
Tenait Bonaparte à la chaîne,
Et lui refusait du drap vert
Pour s'habiller dans ce désert.
Ainsi réduit à la misère,
Il mandait une couturière

Pour retourner son vieil habit :
Jugez s'il avait du dépit.
Louis Dix-Huit avait sa place
Et traduisait les vers d'Horace,
Tandis que Mathurin Bruneau
Voulait changer son vieux chapeau
Contre la couronne de France
Qu'il trouvait à sa convenance.
Alors le trop fameux Louvel
Préparait l'instrument mortel
Qui fit d'une duchesse aimable
Une veuve très-consolable.

Enfin, en ce temps-là, d'Hugo
Bouillonnait le jeune cerveau ;
Il cherchait dans quelque coin sombre
Des mots pour rimer avec ombre,
Voulant avec ces mots fameux
Faire un jour dresser les cheveux.

Maintenant, racontons les farces
Que firent à quatre garces,
Ou jeunes filles de Paris,
Quatre garçons d'amour épris.

CHAPITRE II.

DOUBLE QUATUOR.

Quatre parisiens des provinces
Vivaient heureux comme des princes,
En faisant tous et tour à tour,
Un peu leur droit, beaucoup l'amour ;
Chacun d'eux avait sa maîtresse
Qui ne se montrait pas tigresse,
Et dans ce double quatuor
Régnait le plus charmant accord.
   Favourite aimait Blachevelle,
Dalhia n'était pas cruelle
Pour Listolier, tendre farceur,
Qui lui donna ce nom de fleur ;
Fameuil adorait Joséphine,
Et Tholomyès avait Fantine,
Que sa figure au tein vermeil,
Ses cheveux couleur du soleil,
Avaient fait surnommer la blonde.
Celle-ci charmait tout le monde ;
Elle avait quinze ans, cette enfant,
Et c'était son premier amant ;
Chaque autre, il faut que je le dise,
En changeait comme de chemise.
   Je vais suivre ici, pas à pas,
Et je ne travestirai pas
L'auteur dans ce que je vais dire,
Je ne ferai que le traduire :

Etant jeune, un vieux professeur
Devint par hasard suborneur
D'une adorable chambrière
Dont il avait vu le derrière ;
Ses jupons s'étant accrochés,
Cela les avait rapprochés,
Et de cet hymen insolite
Etait résulté Favourite.
Quand son papa la rencontrait,
Poliment il la saluait.
Un soir, une vieille béguine
Entre chez elle à la sourdine,
Portant un mauvais matelas.
— Vous ne me connaissez donc pas?
Approchez-vous, Mademoiselle,
Et regardez-moi bien, dit-elle.
Puis déposant son matelas :
— Qu'attends-tu donc? Viens dans mes bras,
Ajoute cette vieille mégère,
Car voyez-vous, je suis ta mère!...
Et sans se gêner, en effet,
Notre vieille ouvre le buffet ;
Elle boit, mange, se régale,
Et chez Favourite s'installe.
   La Dahlia de Listolier
N'avait appris aucun métier
Et s'abstenait de toutes choses ;
Comme elle avait les ongles roses
Et des petits doigts très-jolis,
Le travail les aurait salis.
   Quant à Zéphine ou Joséphine,
Sa manière aimable et mutine

De dire au Limousin Fameuil :
— Oui, Monsieur, — en faisant de l'œil,
Avait allumé dans cette âme
Une subite et vive flamme ;
Tholomyès, âgé de trente ans,
N'ayant plus ni cheveux ni dents,
S'éprit de la grâce enfantine
Et de la pudeur de Fantine ;
Il voulut se faire un joujou
De ce charmant petit bijou.
Pour lui, c'était une amourette,
Comme en inspire une grisette ;
La petite avait, par malheur,
A ce Don Juan, avec son cœur,
Livré le trésor de ses charmes,
Ce qui lui causa bien des larmes,
Ainsi qu'il est au long déduit
Dans la suite de ce récit.
    Le quatuor mâle en goguette,
Un soir sortait de la guinguette.
— Mes amis, leur dit Tholomyès,
Ces demoiselles, vous savez,
Nous demandent une surprise,
Et nous la leur avons promise,
Et puis enfin nos chers parents
Veulent embrasser leurs enfants ;
Des deux côtés c'est une scie,
Ayons de la philosophie ;
Le moment me paraît venu
De retourner à la vertu.
Alors il leur parle à l'oreille
Et chacun dit : C'est à merveille ;
Très-bien imaginé, mon vieux,
On ne peut rien trouver de mieux.

CHAPITRE III.

QUATRE A QUATRE.

L'aube était sur le point d'éclore,
Il ne faisait pas jour encore,
Lorsque les couples réunis
Quittaient joyeusement Paris.
A travers les champs, nos fillettes
Gazouillaient comme des fauvettes,
Enjambaient fossés et buissons,
Afin d'atteindre les garçons;
Ceux-ci quittant leurs redingotes,
Les filles retroussant leurs cottes,
Le corps plié, le dos tendu,
On jouait au cheval fondu.
De temps en temps ces demoiselles,
Suspendant leurs sauts de gazelles,
Qui pouvaient être dangereux,
Appliquaient à leurs amoureux,
Au moment qu'ils n'y pensaient guère,
Une claque sur le derrière.
C'était un délire charmant,
Un véritable enivrement.
  Ce jour-là, Monsieur de La Bouïsse,
Poète classique un peu jocrisse,
Mais très-célèbre dans son temps,
Qui flânait dans ces lieux charmants,
Apercevant les fins corsages
De ces libellules volages,

Dans son extase s'écriait :
— Pour les Grâces on les prendrait,
Sinon qu'elles sont trop vêtues,
Tandis que les Grâces sont nues,
Et qu'au lieu de quatre minois,
Il n'en faudrait ici que trois.
　A ces doux instants de folie
Succédait la mélancolie ;
Rajustant alors leurs cheveux,
Ebouriffés par tous ces jeux,
La Dalhia, la Joséphine
Allèrent retrouver Fantine
A qui Fameuil et Listolier
Citaient Delvincourt et Toullier ;
Non loin d'eux marchait Blachevelle.
Ce garçon, toujours plein de zèle,
Portait d'un air majestueux
Sur son bras le ternaux boiteux
De sa charmante Favourite,
Et Tholomyès venait ensuite ;
Quoiqu'il fût de joviale humeur,
Il se posait en dictateur
Et se permettait le cigare,
Luxe pour le temps assez rare.
Avec son énorme rotin
Et son pantalon de nankin,
Dès qu'il parle chacun l'admire,
A son nez il ne faut pas rire ;
Pas plus gêné que le sapeur,
Rien n'est sacré pour ce farceur.
　La Fantine, sa chère blonde,
N'adorait que lui seule au monde ;

Son gentil minois chiffonné
Pour les caresses semblait né.
Mais lorsque prenant son air sombre,
Ses beaux et longs cils remplis d'ombre
S'abaissaient sur ce brouhaha,
Cela voulait dire : halte-là !
Du bout de ses deux larges manches
Sortaient deux mains longues et blanches ;
Ses doigts, effilés et pointus,
Étaient grassouillets et dodus,
Et sur chaque joue une rose
Paraissait fraîchement éclose ;
Ses dents, entre un corail brillant,
Semblaient des perles d'Orient ;
Plus bas, un double demi-globe
Soulevait doucement sa robe ;
Chacun en blancheur éclipsait
Celle de la neige et du lait ;
Ses blonds cheveux tombaient en tresse
Sur ses épaules de déesse ;
Bref, l'amante de Tholomyès
Ressemblait à la belle Agnès
Dont Chapelain, dans sa *Pucelle*,
Nous trace le portrait fidèle.
Tous les étudiants de bon goût
Adoraient en elle, surtout,
Sa naïveté virginale
Et sa chasteté de vestale ;
Car, quoiqu'elle eût fait un faux pas,
Victor Hugo ne doute pas
Que le magistrat de Nanterre
Ne l'eût prise pour sa rosière.

CHAPITRE IV.

THOLOMYÈS EST SI JOYEUX QU'IL CHANTE UNE CHANSON ESPAGNOLE.

Pour nos amoureux, ce jour-là
L'aurore jusqu'au soir brilla.
La nature, en voyant leurs danses,
Paraissait prendre ses vacances ;
Comme eux, un tas de vagabonds,
Les oiseaux et les papillons,
Folâtraient dans le vert bocage
Et mettaient les fleurs au pillage ;
On se becquetait à la fois
Indistinctement et sans choix ;
Seule Fantine, un peu farouche,
Chastement détournait sa bouche,
Ce que Favourite voyant,
Elle lui dit d'un ton piquant :
— Toi, tu ferais mieux, et pour cause,
De ne pas prendre cet air chose.

  Dieu créa, ce n'est pas douteux,
Les buissons pour les amoureux ;
En tout temps on les verra faire
A deux l'école buissonnière ;
Toujours quand survient le printemps,
Dans les blés mûrs, à travers champs,
Sous les buissons, dans les charmilles,
Les garçons caressent les filles ;

Le chiffonnier, le duc et pair,
Au printemps, se donnant de l'air,
S'en vont aussi sous la coudrette
A leurs belles conter fleurette.
Ces faits ne sont pas contestés,
Revenons donc à nos beautés,
Qui font, à l'abri du feuillage,
De leur corps un doux gaspillage;
Ce sont des soupirs et des ris,
Ce sont des ah!.... des petits cris,
Ce sont au vol des tailles prises,
Ou bien encore des cerises
Qu'on s'arrache, comme aux festins
Que font deux à deux les lapins.
    Après un déjeuner superbe,
Qu'on fit en folâtrant sur l'herbe,
De Saint-Cloud l'on prit le chemin
Pour aller voir un arbre nain
Dont les branches très-déliées
Et de verdure dépouillées
Semblaient un paquet de cheveux
Sur une tête de pouilleux;
Cet arbuste extraordinaire
Venait d'une terre étrangère,
Tout Paris, du matin au soir,
Courait à Saint-Cloud pour le voir.
En quittant ce pouilleux d'arbuste,
Ils virent un ânier robuste
Qui paraissait venir exprès
Avec un troupeau de baudets.
Tholomyès, le crâne des crânes,
Dit : — Mes amis, j'offre des ânes ;

Venez avec moi par ici,
Nous allons passer par Issy.
Chacun prend une bête asine
Et vers ces lieux l'on s'achemine.
Pendant que tout en chevauchant,
Fille en croupe et garçon devant,
On rit, on se pince, on babille,
Du parc on a franchi la grille.
On visite le mannequin
Qu'un turcaret nommé Bourgain
Fit placer dans une logette
Sous l'habit d'un anachorète,
Puis on court éprouver l'effet
D'un mystérieux cabinet,
Vrai traquenard ou chausse-trape,
Œuvre de ce nouveau Priape,
Où certains miroirs indiscrets
Dévoilaient les charmes secrets
Des imprudentes visiteuses
Qui se montraient trop curieuses.
Ces demoiselles, en sortant
De ce cabinet surprenant,
Avaient la mine un peu confuse;
Mais il faut bien qu'on les excuse,
Puisque c'était sans le vouloir
Qu'elles avaient ainsi fait voir
Au grand jour une pleine lune,
Qu'on ne voit pas même à la brune.
L'une dit : Pour nous délasser,
Si nous allions nous balancer?
Aussitôt dit, chaque fillette,
Tour à tour sur l'escarpolette,

Est lancée au milieu des ris,
Quelques-unes poussent des cris,
Non pas par crainte des culbutes,
Mais du vent qui gonflait les jupes.
Ainsi nos belles, ce jour-là,
Tombaient de Carybde en Scylla.
   Ceci mit Tholomyès en verve;
Ayant donc invoqué Minerve,
De sa voix rèche il roucoula
Une romance Gallega,
A laquelle il n'entendait goutte,
Et les autres non plus sans doute;
Je laisserai donc de côté
Le couplet qu'il nous a chanté,
Et je vous dirai que Fantine,
A cause de sa crinoline,
Que le vent eût pu retrousser,
Refusa de se balancer;
Et pour elle, toujours sévère,
Favourite lui dit : Ma chère,
Je n'aime pas ce genre-là;
Tu fais la bégueule... voilà.
Les ânes quittés, sur la Seine,
La troupe en bateau se promène;
Et tous effarés de bonheur,
Chantaient la gaudriole en chœur,
Quand Favourite se ravise
Et dit : A quand donc la surprise?
A quoi Tholomyès aussitôt
Répond : Ce sera pour tantôt.

CHAPITRE V.

CHEZ BOMBARDA.

Après la promenade en Seine,
Tout d'un trait sans reprendre haleine,
Le joyeux huitain s'échoua
Chez le célèbre Bombarda,
Fricoteur aux Champs-Elysées.
Ces dames qu'avait défrisées
L'ardeur de la lutte et du jeu,
Se rajustèrent tant soit peu
Pour entrer dans ce sanctuaire,
Vrai temple de la bonne chère ;
C'est là qu'on devait terminer
La fête par un bon dîner.
Deux tables étaient dans la salle :
Sur l'une, en entrant, l'on étale
Châles, chapeaux, bonnets, habits,
Formant un gracieux fouillis.
Après un coup-d'œil à la glace,
Autour de l'autre l'on prend place ;
Les plats, les verres, les flacons
Se mêlent de mille façons ;
Au dessert on rit, on babille,
Plus que jamais la gaîté brille ;
On n'épargne pas les caquets,
Les jeux de mots, les quolibets,
Et les pieds font dessous la table
Un trique-trac épouvantable.

Le roi Louis régnait en paix,
Vers ce temps-là sur les Français ;
Mais sur leurs goûts, leur caractère,
Tous les matins à ce gros père,
De crainte de malentendu,
Un compte exact était rendu.

Voici le rapport de police,
Que le préfet en exercice,
Le comte Anglès, très-bien en cour,
Sur les faubouriens fit un jour :
« Tout bien considéré, cher Sire,
» Permettez-moi de vous le dire,
» Ces gens, sans souliers et sans bas,
» Sont indolents comme des chats ;
» Ce ne sont pas des trouble-fêtes,
» Pour se fâcher, ils sont trop bêtes !
» Dans votre ville de Paris,
» Tous les hommes sont très-petits ;
» Deux, bout-à-bout d'un tambour-maître,
» N'auraient pas la taille, peut-être ;
» Je vous citerai Monsieur Thiers,
» Dont il s'en faut bien des deux tiers,
» Se haussât-il outre mesure,
» Pour qu'il atteigne à la ceinture
» Du moins grand de vos grenadiers,
» Ces modèles des beaux troupiers.
» Ces Français, pendant votre absence,
» N'ont fait qu'aller en décroissance ;
» En somme, tous ces faubouriens,
» Véritables Lilliputiens,
» Sont une assez bonne canaille,
» Buvant sec et faisant ripaille ;

» Ils ne sont pas bien dangereux,
» On fera ce qu'on voudra d'eux. »
   Tel est le rapport en substance,
Que fit au roi Son Excellence;
Dans les archives de la cour,
Hugo le découvrit un jour;
Il le cite pour montrer comme
Un pygmée, un avorton d'homme,
Peut bien, selon l'occasion,
De chat devenir un lion;
Et si quelque mouche le pique,
Proclamer une république,
Regarder les gens de façon
A faire venir le frisson;
Du fond de sa grêle poitrine
Souffler la mort et la ruine
Jusqu'aux toits les plus élevés,
Entasser pavés sur pavés,
Malgré sa petitesse extrême,
Briser sceptres et diadème,
Démolir châteaux et maisons,
D'un trône faire des tisons,
Couper le cou de Louis Seize
Et puis chanter la *Marseillaise*.
C'était pour en arriver là
Et nous démontrer tout cela
Qu'il a mis Bombarda pour titre
A la tête de son chapitre.
Cependant le jour déclinait
Et le dîner se terminait.

CHAPITRE VI.

CHAPITRE OU L'ON S'ADORE.

Propos d'amour sont des nuées,
Propos de table des fumées ;
Jamais pareille vérité,
En faveur de l'humanité,
N'avait été mise en lumière
D'une aussi solide manière ;
Il fallait qu'un grand écrivain
Pour cela prît la plume en main
Et proclamât ces aphorismes
Qui ne sont pas de vains sophismes.
Pendant que Tholomyès buvait,
Sa Fantine lui souriait ;
Dalhia, Fameuil et Zéphine
Fredonnaient une cavatine
Qu'accompagnait en faux-bourdon
Listolier sur son mirliton ;
Et Blachevelle à Favourite
En riant, disait : Ma petite,
Si sans trompette ni tambour,
Loin de toi je filais un jour,
Que ferais-tu ? — Moi, répond-elle,
Je te brûlerais la cervelle ;
Non, je t'arracherais les yeux ;
Ah ! ne dis pas cela, mon vieux,

Même en riant, car je le jure,
Je te grifferais la figure,
Je crierais à la garde, ah! mais!
Crois-tu que je me gênerais?
Blachevelle se pâmait d'aise
Et se renversait sur sa chaise
D'un petit air impertinent.
Dahlia, tout en croûtonnant,
Disait bas à sa camarade
Quand elle eut fini sa tirade :
— Tu l'aimes donc énormément,
Cet être-là, ce garnement?
— Ma foi non, répond Favourite,
Avec lui je fais l'hypocrite,
Je l'abhorre de tout mon cœur;
Celui que j'aime est un acteur,
Un petit qui demeure en face,
Un jeune et gentil lovelace.
Il m'aime tant, ce cher amour,
Que faisant des crêpes un jour,
En l'absence de Blachevelle,
Il m'embrasse et me dit : Mam'selle,
Faites des beignets de vos gants
Et je les mange à belles dents.
— Ah! je l'avoue, oui, j'en suis folle,
Et c'était une pure colle
Qu'à Blachevelle je contais,
En lui disant que je l'aimais.
Elle ajoute après une pause :
— J'ai le cœur triste et non sans cause,
Blachevelle est un franc grigou
Qui ne me donne pas un sou;

Il faut, ma chère, que je pleure,
Quand je veux acheter du beurre.
Nous mangeons dans la chambre au lit,
Cela me coupe l'appétit;
Enfin cet être-là m'agace,
Je te céderais bien ma place.

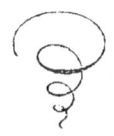

CHAPITRE VII.

SAGESSE DE THOLOMYÉS.

Lecteur, il te répugnerait
D'aspirer dans ce cabaret
Les senteurs de la tabagie
Et l'odeur aigre de l'orgie ;
D'ouïr en style de rébus,
Un tas de calembours obtus,
Les mauvais lazzis d'un ivrogne
Parlant sans respect ni vergogne
De tout ce que nous respectons,
Sans être prudes ni barbons.
J'aime à croire que la jeunesse
N'eut jamais la stupide ivresse
Qu'Hugo, dans ce salmigondis,
Prête à ses jeunes étourdis ;
Je devrais me borner aux titres
De ces trois insensés chapitres
Qui sont des travestissements
De la morale et du bon sens ;
Mais puisqu'enfin j'ai pris la plume,
Je terminerai le volume.
Voici donc la péroraison
De ces gens privés de raison :
Au milieu des cris, du tapage
Et d'un affreux dévergondage,

Tholomyès, le grand boute-en-train,
Se lève et le verre à la main,
Dit : Mes amis, de l'allégresse,
Soyons gais, à bas la sagesse !
Puis il va tout en trébuchant,
Pour embrasser sa chère enfant ;
Mais comme il n'y voyait plus goutte,
Son baiser se trompa de route ;
Fantine en riant s'écarta,
Et Favourite en hérita.

CHAPITRE VIII.

MORT D'UN CHEVAL.

De sa voix rauque et peu sonore,
Tholomyès de nouveau pérore.
Hugo, par cet être pervers,
Fait citer à tort à travers
Les auteurs de Grèce et de Rome,
Puis il lui fait expliquer comme
On peut comparer Bombarda
A Munophis d'Eléphanta;
Lui fait dire au nom d'Apulée,
Africain à la peau brûlée,
Que dans l'Egypte il existait
De son temps plus d'un cabaret;
Puis l'orateur avec emphase
Prononce cette belle phrase,
Qu'accompagne un parfum de Rhum :
Nihil est sub sole novum,
Et nous apprend que cet adage
Date de Salomon le Sage.
Au moment où, pris d'un hoquet,
Le Démosthène suffoquait,
Un grand bruit se fit dans la rue:
A la vitre étant accourue,
Fantine allait se trouver mal
En apercevant un cheval
Ou plutôt une pauvre rosse
Qui, dans les brancards d'un carrosse,

De se pâmer avait tout l'air,
Ayant les quatre fers en l'air.
— Ah! dit-elle, la pauvre bête!
Elle a dû se casser la tête;
Il faut courir la relever,
Ou nous allons la voir crever.
Mais un bruyant éclat de rire
Vint subitement l'interdire.
Dalhia criait, de son coin :
— Elle est bête à manger du foin,
Ou plutôt bête comme un oie!
Cette Fantine s'appitoie
Sur la chute d'un vieux carcan
Dont tous les os percent le flanc,
Qui décrit maintes paraboles
Et ne tient pas sur ses guibolles.
A ce moment-là, Favourite,
Par une transition subite,
Sur ses beaux seins, croisant ses bras,
Blancs comme un lait, dodus et gras,
S'écrie : Il faut que l'on nous dise
Si nous aurons notre surprise.
Alors, prenant la balle au bond,
Tholomyès dit, avec aplomb :
— Le terme est échu, mes poulettes,
Vous allez être satisfaites;
Il nous faut sortir un moment,
Amusez-vous paisiblement.
Auparavant, dit Blachevelle,
Que chacun embrasse sa belle,
Et tous ils viennent déposer
Un doux et pudique baiser,

Mais qui n'en est pas moins perfide,
Sur le front modeste et candide
De chacune de ces beautés;
Puis, nullement déconcertés,
A la file gagnent la porte,
Sans demander qu'on les escorte ;
Mais la timide et douce enfant,
Fantine des yeux les suivant,
Leur dit, de sa voix douce et claire :
— Si vous avez à satisfaire
Quelque gros ou petit besoin,
Messieurs, surtout n'allez pas loin ;
Puis, d'un ton langoureux et tendre :
— Et ne vous faites pas attendre.

CHAPITRE IXe ET DERNIER DU LIVRE Ier.

FIN JOYEUSE DE LA JOIE.

Eux partis, les filles jasaient
Et joyeusement devisaient
Sur la surprise ébouriffante,
Objet de leur si longue attente ;
Zéphine dit : — Je parîrais
Que ce sera des bracelets.
— En or? ajoutait Favourite.
— Sans doute, dit Fantine, — ensuite
Il nous faudrait avec cela
Un beau châle, dit Dalhia.
A cet espoir chaque fillette
Gambadait comme une chevrette.
Un grand bruit sur le quai se fit
Et leurs propos interrompit ;
Toutes, courant à la fenêtre,
A ce moment virent paraître
Plusieurs pataches se suivant
Et qui filaient comme le vent ;
Mais l'une tout-à-coup s'arrête
Et cela mit martel en tête
A Fantine qui se doutait
Que son amoureux méditait
Quelque entreprise ténébreuse.
Pendant qu'à cette âme ombrageuse

Favourite fait la leçon,

Dans la salle entre le garçon

Tenant un bout de papier rose ;

Il dit, en leur offrant la chose :

— Voici ce que vos bons amis

Pour vous, Mesdames, m'ont remis,

Puis il tire sa révérence.

Pleine de crainte et d'espérance,

Favourite a saisi l'objet ;

C'était bel et bien un billet

Portant cette phrase concise :

C'est là-dedans qu'est la surprise.

Ceci leur parut singulier ;

Alors dépliant le papier,

Voici ce qu'émue, interdite,

A voix haute lut Favourite,

Car elle avait jadis appris

A lire dans les manuscrits :

« Sachez, nos charmantes poulettes,

» Que nous avons fait bien des dettes

» Depuis que nous vous fréquentons,

» Ce qui fait que nous vous quittons.

» Nos papas, nos mamans s'embêtent,

» Et tous ces braves gens s'entêtent

» A nous rappeler auprès d'eux,

» Et nous qui sommes vertueux

» Nous avons pris la diligence

» Pour calmer leur impatience ;

» Enfin, comme a dit Bossuet :

» Nous fichons le camp tout-à-fait :

» Pleurez notre fugue subite

» Et remplacez-nous au plus vite.

» Si ce billet vous froisse un peu,
» Rendez-lui la pareille... Adieu ! »
Zéphine prenant la parole
Dit : — La surprise est un peu drôle,
Que pensez-vous de ce tour-là ?
— Moi, je pense, dit Dalhia,
Que la farce est de Blachevelle,
Car de malice il étincelle.
— Non, dit Favourite, du tout,
C'est Tholomyès qui fit le coup,
J'en jurerais bien sur ma tête,
Car des quatre il est le moins bête ;
Et toutes de rire aux éclats,
Fantine aussi riait, hélas !
Mais une heure après, la pauvrette,
Seule, pleurait dans sa chambrette ;
Elle avait à ce Tholomyès
Prodigué ses charmes secrets ;
En amour elle était novice,
Sans détour et sans artifice,
Et la pauvre fille, en son flanc,
Recélait un petit enfant.

FIN DU TOME PREMIER.

ÉPISODE DE FANTINE.

Après une crise si forte,
Voyant qu'elle n'était pas morte,
Fantine dit : Il faut cesser
De rire et de se trémousser,
Essayons de mordre à l'ouvrage
Et tâchons d'être un peu plus sage.
   Elle retourna travailler
Dans son précédent atelier ;
Elle n'était pas très-habile,
Mais tâchait de se rendre utile.
Avant tout, dans un vieux miroir
Qu'elle achète, elle veut se voir ;
Retrouvant ses belles dents blanches,
Ses cheveux tombant sur ses hanches,
Elle oublia le rude effort
Qui l'avait fait geindre si fort,
Et faisant jouer sa prunelle
Qui brillait comme une étincelle,
— Ma foi ! dit-elle, mon minois
N'est pas trop déchiré, je crois ;
Je suis peut-être un peu pâlie,
Mais je n'en suis pas moins jolie,
Moins piquante qu'auparavant,
Qui se douterait de l'enfant ?
   Alors songeant à sa Cosette,
La belle loue une chambrette

Qu'elle meuble, mais à crédit,
De quelques chaises et d'un lit,
Se gardant bien, la fine mouche,
De parler de son escarmouche,
Et de se dire la maman
D'un aimable petit fanfan,
Puisqu'en effet elle était mère
Sans le *conjungo* nécessaire.

D'abord, dès le commencement
Elle remit exactement
Le savon, les mois de nourrice,
Le sucre, ainsi que la réglisse,
Afin qu'au fruit de ses amours
On prodiguât tous les secours.

Comme sans en ouvrir la bouche
Elle écrivait, cela fut louche;
Elle écrivait, n'est pas le mot;
Car je dois vous dire au plus tôt,
Que si Fantine savait lire,
Elle ne savait pas écrire.
Les unes se disaient tout bas:
Je la crois dans de fichus draps;
Elle a de bien drôles d'allures,
Puis des cancans, des conjectures;
Les autres, d'un œil envieux,
Lorgnaient ses dents et ses cheveux;
On guettait la pauvre mâtine,
On riait de sa triste mine,
Quand on la voyait se cacher
Dans quelque coin pour pleurnicher.

On sut, car le monde est si traître,
Qu'elle adressait lettre sur lettre

A Monsieur, Monsieur Thénardier,
Aubergiste ou cabaretier
A Montfermeil; ce fut l'adresse
Que l'on surprit avec adresse;
La rime est trop riche, je crois,
J'y prendrai garde une autre fois.
Bref, un bonhomme à rouge trogne,
Ecrivain public, franc ivrogne,
Pour un méchant canon de vin,
Vendit la mèche un beau matin :
    « C'était une espèce de fille
» Qui semblait être sans famille;
» Mais il n'était pas bien au fait,
» C'était tout ce qu'il en savait. »
Or il advint qu'une commère,
Voulant éclaircir le mystère,
A ce village fit un tour,
Puis elle dit à son retour :
— Pour trente francs, j'ai su la chose;
C'est un enfant, et chacun glose.
  La contre-maîtresse, un matin,
Vint lui donner d'un air hautain
Cinquante francs en numéraire,
De la part de Monsieur le maire,
Lui disant : Il faut déguerpir,
Car on ne peut plus vous sentir
Depuis que l'on sait qu'en cachette
Vous avez fait une fillette.
  Les Thénardier, en même temps,
Portaient de six à quinze francs,
Voyez un peu cette malice,
Du poupon les mois de nourrice.

— Pour le coup c'est un peu trop fort,
Dit Fantine, ces gens ont tort;
Comment payer pareille dette
Et renouveler la layette?
Ah! mais vraiment, ce Thénardier
Est un indigne carottier!
Parbleu! si j'étais un peu riche,
D'argent je ne serais pas chiche;
De cinquante balles, enfin,
Croit-il qu'on ne peut voir la fin?
La Fantine, dans sa détresse,
Retourne à la contre-maîtresse;
Mais cette femme, au cœur de roc,
Saisissant le manche d'un broc :
— Allons, dit-elle, qu'on détale
Ou sinon... — Ah! quelle brutale!
Mais c'est vraiment ébouriffant,
Quel train pour un morveux d'enfant!
On me chasse, mais peu m'importe.
Alors, filant de porte en porte,
Elle alla trouver, sans façon,
Les soldats de la garnison,
Qui se trouvaient tous sans chemise,
Pour leur en faire en toile grise.
A peine elle eut cousu deux lés,
Qu'elle en eut les doigts tout pelés;
C'était une toile de bure
(Les soldats ont la peau si dure).
Pardon! j'oubliais bêtement
De vous dire qu'auparavant
De se livrer à la couture,
Victime d'une infâme usure,

Elle avait remis au fripier
Les trois quarts de son mobilier,
Puis moitié de son numéraire,
Et le reste au propriétaire;
En sorte que les Thénardier
Ne recevaient plus un denier.
Deux chambres étaient son repaire;
Dans l'une l'on n'y voyait guère,
Dans l'autre, noire comme un four,
Ne pénétrait jamais le jour;
Une vieille sempiternelle
Venait allumer sa chandelle
Pour qu'elle pût au moins y voir
En montant l'escalier le soir.
Ce fut cette vieille voisine
Qui fit connaître à la Fantine
Comment, en soufflant dans ses doigts,
L'hiver on se passe de bois;
Comment, avec sa couverture,
On fait un jupon sans couture ;
Comment, pour s'échauffer les pieds,
On en refait un couvre-pieds ;
Comment, au moineau de Lesbie,
Par mesure d'économie,
Un beau matin on tord le cou
Pour ne pas dépenser un sou;
Enfin comment, du réverbère,
On utilise la lumière.
Ce qui causait son cauchemar,
C'était d'être mis au rancart.

  Certain soir qu'elle était songeuse,
Une idée assez lumineuse

Vint lui traverser le cerveau ;
C'était un soir qu'il faisait beau :
— Si, pour égayer ma chambrette,
J'avais, dit-elle, ma Cosette,
Comme avec elle je jouerais,
Comme je la bichonnerais;
Partons, prenons la citadine...
Oui, mais je suis dans la débine,
Et pour aller en omnibus,
Dans la poche il faut du quibus.
Son allumeuse de chandelle,
Pour le prochain pleine de zèle,
Très-secourable à l'indigent,
Ne lui donnait jamais d'argent;
Elle se nommait Marguerite
Et n'était presque pas instruite,
Signant son nom, sans mettre d'U ;
Pourtant, c'était une vertu.
Depuis son accident, Fantine,
Dehors faisait piteuse mine ;
Aisément cela se conçoit,
Car chacun la montrait du doigt;
Quand elle passait dans la rue,
Elle n'osait lever la vue ;
Tout le monde la regardait,
Personne ne la saluait,
Et quoiqu'elle eût jupe et chemise,
Le mépris, âcre comme bise,
Pénétrait sa chair et ses os,
Elle en avait froid dans le dos.
— Si seulement, se disait-elle,
Monsieur Nadar, dans sa nacelle,

Me menait à Paris d'un trait,
Personne ne m'y connaîtrait ;
Je pourrais, le soir, à la brune,
Sur le trottoir chercher fortune ;
Mais las ! il ne faut pas songer
A m'aller là-bas goberger.
Bientôt, secouant toute honte,
Les regards publics elle affronte,
Lève la tête avec orgueil
Et dit : — Ma foi, je m'en bats l'œil.
Dès lors fière comme Artamène,
Elle va, vient et se promène,
Mais ce qui devient surprenant,
C'est que, tout en se promenant,
Elle travaille comme un nègre,
Ce qui la rend tout-à-fait maigre
Et la fait, en définitif,
Tousser comme un cheval poussif.
Parfois elle dit : — Marguerite,
Tâtez mon pouls, comme il bat vite ;
Mes mains sont comme des tisons,
Jadis c'était de vrais glaçons.
On l'avait flanquée à la porte
De l'atelier à moitié morte :
C'était au moment du printemps ;
L'été ne dura pas longtemps ;
L'hiver revint, portant sa hotte
De brouillards, de neige et de crotte.
Chacun sait que pendant l'hiver
Il ne fait presque jamais clair
Et que, comme un pauvre en guenille,
A peine si le soleil brille ;

Que le ciel est un soupirail,
Qu'on ne trouve plus de travail,
Enfin que l'eau se change en pierre
Et que l'homme devient corsaire.
   Les Thénardier, au cœur étroit,
Un matin qu'il faisait grand froid,
Ecrivirent que la Cosette
N'avait plus ni bas, ni chaussette,
Qu'il lui fallait un bon jupon,
De laine ou bien de molleton,
Fantine, qui sait un peu lire,
Froisse la lettre et la déchire,
Puis elle ne fait qu'un bond
A la recherche du jupon.
D'un perruquier voyant l'enseigne,
Elle entre, ôte son mauvais peigne;
Ses cheveux, longs comme des crins,
Lui tombent jusqu'au bas des reins;
Le barbier reste sans haleine
A l'aspect de cette sirène.
— O dieux! dit-il, quels grands cheveux!
— Combien m'en donnez-vous, mon vieux?
— Dix francs. — Dix francs? Qu'on me les coupe.
Au moins si je n'ai pas de soupe,
Si je me passe de bouillon,
Ma fille aura son cotillon,
Et si j'ai l'air d'une tondue,
Elle, au moins, ne sera pas nue.
La jupe arrive à Thénardier,
Qui jure comme un charretier;
Il la retourne, l'examine
Et la donne à son Eponine,

Car il comptait sur du billon
Et non pas sur un cotillon.

Ce fut ainsi que la chouette
Dépluma la pauvre alouette
Qui continua de grelotter;
Cela ne fait-il pas trembler?
Fantine se disait : Ma fille
Aura chaud dans sa souquenille,
Car c'est mon idole et je veux
Qu'on l'habille avec mes cheveux.
N'est-elle pas, cette Cosette,
Fruit charmant de mon amourette?
Pour elle, un mauvais bonnet rond
Lui couvre la nuque et le front,
Et quoique tant soit peu flétrie,
Elle eût encore fait envie.
Pourtant, sa tête sans chignon
Lui causait beaucoup de guignon;
Elle prenait le monde en haine,
Jusqu'au maire, ce Madeleine,
Vous savez ce particulier
Qui la chassa de l'atelier.
A ses compagnes de fabrique
Elle faisait aussi la nique,
Riait à leur nez en passant,
Ce qui leur était déplaisant.
Un jour, une vieille ouvrière
(Il fallait qu'elle fût sorcière)
Dit d'un ton grave et doctoral :
— Cette fille tournera mal.
Fantine, en effet, par bravade,
Prit un amant à la passade;

C'était un fieffé vaurien,
Espèce de musicien,
Fainéant et de plus ivrogne,
Qui n'avait aucune vergogne.
Ce mendiant, cet oisif gueux,
Ne pouvait la prendre aux cheveux;
Mais il la battait comme plâtre,
Son corps n'était plus qu'une emplâtre.
Malgré sa vie, assez souvent
Elle pensait à son enfant;
Sa petite était sa marotte,
Elle en séchait, la pauvre sotte!
Jamais la toux ne la quittait,
La sueur lui dégouttait
Le long du dos, jusqu'au derrière,
Ni plus ni moins qu'une gouttière;
Ce n'était pas très-ragoûtant,
Mais c'est la vérité pourtant.
— Hélas! si je devenais riche,
Disait-elle, comme un caniche
Toujours Cosette me suivrait.
A cette idée elle riait.
Un jour, par elle fut reçue,
Une missive ainsi conçue :
    « Cosette a le mal du pays,
» Nous-mêmes sommes très-faillis;
» C'est une fièvre miliaire,
» Il faut payer l'apothicaire;
» Nous n'avons pas ici six blancs,
» Il nous faudrait quarante francs,
» Ou sinon, le diable m'emporte!
» Sous huit jours la petite est morte. »

En lisant ce galimatias,
La voilà qui rit aux éclats;
Puis elle dit à sa voisine :
— Ces Thénardier, quelle vermine!
Ils demandent quarante francs?
Sont-ils bêtes, ces paysans!...
A la lucarne, pour mieux lire,
Ce billet qui la fit tant rire,
Elle monta, puis descendit
Et puis après elle sortit,
Riant encore; il faut vous dire
Qu'elle ne fait toujours que rire.
Quelqu'un lui dit : Quelle gaîté!
Sur quelle herbe avez-vous sauté?
— Ah! c'est, dit-elle, une bêtise,
Une fameuse balourdise!
Des campagnards... de sottes gens
Qui voudraient bien quarante francs.
    Elle arrive sur une place.
Au milieu de la populace
Un charlatan gesticulait
Du haut d'un vieux cabriolet;
C'était un célèbre banquiste
Exerçant l'état de dentiste;
Il remettait dans les palais
Des râteliers neufs et complets.
La Fantine qui rit encore
S'approche, et d'une voix sonore
Notre homme ainsi l'interpella :
— Eh! la fille qui riez là,
Vendez-moi donc vos deux palettes!
— Bonhomme, mettez vos lunettes,

Je n'ai pas palettes, moi.
— Vous ne comprenez pas, je vois ;
De ce nom, ma fille, on appelle
Chaque quenotte large et belle,
Ou bien, si mieux vous l'entendez,
Les deux dents qui sont sous le nez ;
Si vous me les cédez, mignonne,
Deux napoléons je vous donne.
— Ah ! dit Fantine, quelle horreur !
Elle se sauve de terreur,
Tandis qu'une vieille édentée
Se dit : Je serais bien tentée
A ce prix, moi, d'en céder deux ;
Il en est qui sont bien chanceux !
Fantine, bayant aux corneilles,
S'enfuit, se bouchant les oreilles ;
L'autre crie en s'égosillant :
— A ce soir, au *Tillac d'argent.*
C'est ainsi qu'on nomme l'auberge
Qui, provisoirement, m'héberge ;
Avec deux beaux napoléons
On achète bien des bonbons.

Fantine rentre furieuse ;
A sa voisine soucieuse
Elle dit comment elle a fait
Rencontre de ce bilboquet.
— Ah ! dieux ! quel abominable homme !
Il mérite bien qu'on l'assomme.
N'a-t-il pas voulu, le brigand !
M'extirper deux dents de devant ?
J'en ferais une de grimace !...
Comment souffre-t-on ce paillasse,

Ce mauvais plaisant, ce blagueur,
Rien que d'y penser, j'en ai peur.
Mes cheveux pousseront, que diable!
Quant à mes dents, c'est peu probable.
J'aime mieux, sans comparaison,
Du cinquième d'une maison,
Sauter la tête la première
Et retomber sur mon derrière;
Ce soir, ce monstre-là m'attend,
A-t-il dit, au *Tillac d'argent.*
— Qu'offre-t-il donc? dit Marguerite.
— Deux napoléons!... — Eh! petite,
S'ils sont de vingt francs, un chacun?..
— Ça fait trente-neuf frans plus un,
Dit Fantine, selon Barême.
Quoique pensive, tout de même,
Elle se mit à travailler.
Bientôt, remontant l'escalier,
A la lucarne elle va lire,
Pour la première fois sans rire,
Ce vilain billet de malheur
Qu'elle devait savoir par cœur;
Puis en rentrant, elle va vite
Interroger sa Marguerite,
Qui tricotait seule en un coin,
Et lui dit : — J'ai bien du tintouin :
Qu'est-ce que c'est que miliaire?
Savez-vous cela, vous, la mère?
—Mais oui, dit la vieille sans dents,
C'est un mal qui prend les enfants.
— Et sans mourir en est-on quitte?
— Pas toujours, répond Marguerite.

Fantine, le cœur inquiet,
Reprend son diable de billet,
Remonte encore à la lucarne,
A le relire elle s'acharne.
Vers le soir, elle descendit;
La vieille voisine entendit
Cette pauvre ci-devant vierge,
Marcher du côté de l'auberge,
Et le lendemain la revit,
Assise sur le bord du lit ;
La veille, en rentrant, la donzelle
N'avait pas soufflé sa chandelle,
Laquelle avait coulé partout,
N'éclairant presque plus du tout;
Cette fille était si bouchée
Qu'elle ne l'avait pas mouchée.
Outre sa tête sans cheveux,
Elle avait le nez tout morveux,
Les yeux hagards comme une folle,
Ne disant pas une parole ;
Son bonnet coiffait ses genoux,
Tout était sens dessus dessous.
— Qu'avez-vous, dit sa tendre amie,
Vous me semblez toute vieillie?
— Ce que j'ai?... deux napoléons,
Voyez-vous pas ces jaunets ronds?
— Seigneur Dieu! dit la vieille fille,
A l'aspect de cet or qui brille,
Où les avez vous eus, Jésus?
— Ah! dit Fantine, je les eus...
Elle riait, et la chandelle,
Qui lui donnait dans la prunelle,

Et tout-à-coup se réveillait,
En jetant un dernier reflet,
Fit voir son visage de plâtre,
Qui, d'une salive rougeâtre,
Etait encore tout souillé,
Ne l'ayant pas débarbouillé ;
Et l'on voyait dans sa mâchoire
Une vilaine brèche noire ;
C'est qu'il ne restait plus dedans
Que la place de ses deux dents.

ÉPISODE

DU

BRIGAND DE LA LOIRE.

Il existe près de Vernon
Un pont superbe, en grand renom,
Bâti du haut en bas en pierres,
De liais ou bien de meulières;
Lequel pont, qui coûta fort cher,
Sera refait en fil de fer;
L'auteur en a la prescience,
Et c'est ce qui le met en transe.
Du haut de ce pont si parfait,
En montant sur le parapet,
On voyait une maisonnette,
Et près d'elle un homme en casquette
Se promenant dans un enclos,
Les pieds chaussés de gros sabots.
Il avait une veste grise
Quand il n'était pas en chemise;
Avait la peau d'un Africain,
Tannée ainsi que marocain;
Une balafre sur la face
Lui faisait faire la grimace,
En lui coupant la mine en deux,
Et cela le rendait hideux.
A sa veste était quelque chose,
D'une couleur jaune ou rose,

Ce qui dénotait un troupier
Qui ne se mouchait pas du pied.
Cet homme à la triste figure
S'abandonnait à la culture
De la tulipe et de l'oignon,
C'était son occupation.
Portant de l'eau dans une seille,
Il en arrosait son oseille,
Ou bien il poussait des hélas!
En contemplant ses dahlias
Et ses arbustes à résine
Qu'il avait fait venir de Chine;
Quelquefois, par un temps serein,
On le voyait comme un serin
Les yeux fichés sur un brin d'herbe
Et dans une pose superbe,
Tapi, comme un rat dans son trou,
Comme un ours ou comme un hibou.
Il avait pris une servante
Très-laide et pourtant avenante,
Vieille et jeune tout à la fois,
Grande et petite aussi, je crois;
C'était une espèce de dame,
Qui n'était ni fille ni femme.
Tout cela, c'est d'après l'auteur,
Qui nous dit aussi, le menteur,
Qu'elle n'était, cette chinoise,
Ni paysanne ni bourgeoise.
Il vivotait là chichement,
Ne prenait que peu d'aliment,
Ne buvait que du lait de vache;
Et malgré son air si bravache,

Sa servante, un simple moutard,
Lui faisaient baisser le regard.
Cet homme, pourriez-vous le croire,
C'était le Brigand de la Loire !
Je ne vous ai pas dit son nom,
Bien connu de Napoléon ;
Il se nommait Pontmercy, Georges.
Soldat, il avait fait ses orges
Au beau milieu du brouhaha
Où quatre-vingt neuf nous jeta.
Tout jeune, il n'aimait qu'à se battre,
Et c'était un vrai diable à quatre.
Ma plume ne suffirait pas
A dénombrer tous les combats
Qu'il soutint sur mer et sur terre,
Car partout il a fait la guerre.
Pourtant, je vais vous raconter,
Si vous voulez bien m'écouter,
Comment dans un combat sur l'onde,
Il fit le meilleur tour du monde.
Un jour, étant simple officier,
Il tomba dans un vrai guêpier
Dont il sortit couvert de gloire.
En peu de mots, voici l'histoire :
En mer, on crut voir des Français,
C'était une escadre d'Anglais ;
Il les aimait comme la peste,
Et n'était pas le seul, du reste.
Le commandant de son ponton,
Un Génois peureux et capon,
Voulait qu'on filât vent arrière ;
Mais Pontmercy, tout en colère,

Lui dit : Plaisantez-vous, morbleu !
Attendez, ils vont voir beau jeu ;
A l'abordage et qu'on se cogne.
On aborde ; alors il empoigne
Un lord anglais qui se débat,
Vous l'attache après le grand mât,
Lui met au derrière une mèche,
Puis approchant une flammèche,
L'Anglismann part comme un éclair
Et fait la cabriole en l'air.
Remorquant leurs vaisseaux, il file,
Et chacun dit : Quel homme habile !...
Aujourd'hui, doux comme un agneau,
Ce gars, à l'affaire d'Eylau,
Armé d'un très-long cimeterre,
Se trouvait dans ce cimetière
Où le célèbre Hugo, tonton,
Avait du sang jusqu'au menton.
Il en sortit vivant encore,
Courut du couchant à l'aurore,
Franchissant les monts et les vaux,
Soit à pied, soit avec chevaux.
Il vit de la boue à Liége,
Il vit à Moscou de la neige,
De la glace à Stoudianska,
Il vit à Vienne... et cætera.
J'en aurais trop long à vous dire,
Si je voulais tout vous décrire.
Il pourfendit du haut en bas
Dix cosaques et vingt soldats,
Avec son grand sabre de guerre,
Lequel ne se reposait guère ;

A le voir aujourd'hui, pourtant,
Qui croirait qu'il fut si méchant?
Ce n'en est pas moins, dit l'histoire,
Le fameux Brigand de la Loire.

On en faisait ce qu'on voulait
Et jamais il ne reculait;
On le mettait à toute sauce,
Cette expression n'est pas fausse,
Car tantôt il était lancier,
Tantôt chasseur ou cuirassier,
Toujours brave sous chaque forme;
C'est sous ce dernier uniforme
Que ce démon de Pontmercy,
Au combat de Château-Thierry,
Où l'on tapait sans dire gare,
Du beau milieu de la bagarre,
Arracha, non son général,
Mais son bêta de caporal,
Dont un cosaque, avec sa lance,
Etait prêt à percer la panse.
Il eut le bras gauche en morceaux,
On en retira vingt-sept os,
Pas un de moins, j'ose le dire;
Ce n'est pas un conte pour rire,
C'est Hugo qui les a comptés
Et qui les a numérotés;
Bref, son bras fut en marmelade,
Ce qui le rendit bien malade.
Ce fut là que son empereur
Lui fit don d'une croix d'honneur
Et dit, lui frappant sur l'épaule :
— Je suis content de toi, mon drôle.

Pontmercy riposte à l'instant,
Moitié pleurant, moitié riant :
— Sire, ma foi, je suis bien aise
Que l'état où je suis vous plaise,
Et ma veuve, de ce coup-ci,
Certes sera bien aise aussi.
Une heure après, un coup de hache
Qui lui coupe en deux la moustache,
Fait dégringoler mon lapin
Jusques dans le fond d'un ravin ;
Un autre que lui, dans la chute,
Après une telle culbute,
Eût sans doute sauté le pas ;
Mais Pontmercy n'en mourut pas,
Car c'est lui, le fait est notoire,
Qu'on nomme Brigand de la Loire.

Louis Dix-Huit, le roi bourbon,
A ces gens-là n'était pas bon ;
Il fit sommer ce dur-à-cuire
D'ôter (cela le fit sourire)
Le vieux ruban de son bouton.
— Parlez-vous grec ou bas-breton ?
Répondit-il au commissaire ;
Pour moi, je ne vous comprends guère ;
Et le gaillard pendant huit jours,
Crâne comme il le fut toujours,
Dans Vernon, sans qu'on l'inquiète,
Se promène avec sa rosette.
Il dit au procureur du roi
Qu'il rencontre un jour : Dites-moi,

A-t-on compris dans la mesure
La balafre de ma figure ;
M'est-il permis de la porter,
Ou me sommez-vous de l'ôter ?
Puis à son nez se met à rire ;
Depuis on n'osa lui rien dire.
Il aimait que, devant son nom,
On mît son titre de baron,
Et quand, appuyé sur sa bêche,
Arrivait billet ou dépêche
Portant pour adresse uniment :
Monsieur Pontmercy, commandant,
A l'instant même au ministère,
Jurant comme un vieux mousquetaire,
Sans l'ouvrir il vous renvoyait
La dépêche, ou bien le billet,
En imitant, sans plus de gêne,
Le prisonnier de Sainte-Hélène,
Qui ne répondait pas un mot,
Et ce n'était pas qu'il fût sot,
Quand Hudson envoyait sa carte
Au général Buonaparte.
Parlant de notre Pontmercy,
Que j'ai dépeint en raccourci,
Hugo, cet auteur excentrique,
Dans son beau style académique,
Dépourvu parfois de raison,
Dit cette phrase hors de saison
Et dont le sens est un peu louche :
Que cet homme avait dans la bouche
La salive de l'Empereur.
Pouah ! cela fait mal au cœur !

Il épousa pendant la guerre
Gillenormand, la vivandière,
Qui trépassa dans un caisson
En lui laissant un gros garçon ;
Mais dans l'intérêt du mioche,
Le père avait fait la brioche
De le céder à son aïeul,
Et cela lui causait du deuil ;
C'était pour qu'il eût l'héritage
Du grand-papa déjà sur l'âge.

Ne pouvant choyer le petit,
Il cultivait, dans son dépit,
Ses dahlias et ses tulipes,
Et culottait nombre de pipes ;
A le voir on pouvait jurer
Qu'il n'aimait pas à conspirer,
Car l'œil morne et baissant la tête,
Il se tenait, comme une bête,
Entre ses fleurs et ses radis,
Ne rêvassant que d'Austerlitz.
Ce vieux débris de notre gloire,
C'était le Brigand de la Loire.

DELARUE.

Autrain, 1ᵉʳ décembre 1865.

TABLE

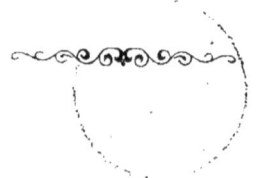

Rennes. — Imprimerie de A. LEROY.

www.ingramcontent.com/pod-product-compliance
Lightning Source LLC
Chambersburg PA
CBHW051152260626
47170CB00005B/2070